古典文獻研究輯刊

六　編

曾永義　主編

第 17 冊

中國民間故事類型研究（下）

陳麗娜　著

國家圖書館出版品預行編目資料

中國民間故事類型研究（下）／陳麗娜 著 — 初版 — 新北市：
花木蘭文化出版社，2012〔民101〕
目 4+236 面；19×26 公分
（古典文學研究輯刊　六編：第 17 冊）
ISBN：978-986-254-960-5（精裝）
1. 民間故事 2. 分類索引
820.8　　　　　　　　　　　　　　　101014847

ISBN-978-986-254-960-5

古典文學研究輯刊
六　編　第十七冊　　　　　　ISBN：978-986-254-960-5

中國民間故事類型研究（下）

作　　者　陳麗娜
主　　編　曾永義
總 編 輯　杜潔祥
出　　版　花木蘭文化出版社
發 行 所　花木蘭文化出版社
發 行 人　高小娟
聯絡地址　新北市永和區中正路五九五號七樓
　　　　　電話：02-2923-1455／傳眞：02-2923-1452
網　　址　http://www.huamulan.tw 信箱 sut81518@gmail.com
印　　刷　普羅文化出版廣告事業
初　　版　2012 年 9 月
定　　價　六編 18 冊（精裝）新台幣 30,000 元

中國民間故事類型研究（下）

陳麗娜　著

目次

第柒章　中國 AT 民間故事類型與世界民間故事研究

　　民間文學工作者在運用歷史地理學派的 AT 分類法作研究時，往往可發現故事在不同時空（歷史和地理）條件下的變化，進而追溯故事的起源時間和起源地點。湯普遜在《世界民間故事分類學》一書指出：

> 民間故事構成人類文化史的一個重要部分。人類學家及研究人類習俗的所有學者應該將各種故事的存活史的大量增加的材料，用之於闡釋他們自己的發現。他們所真正理解的大量故事，會使得他們關於人類的整個智力的和審美的活動觀點，變得更加清晰和更加準確。〔註1〕

　　民間故事的研究有各種觀點和方法，而「故事類型的分類，對數量日益眾多的故事資料，不僅有駕簡馭繁的功能，也便利了研究者的檢索和比較。」〔註2〕，所以類型研究有利於追尋故事的來龍去脈、探索故事生活史、跨國與跨民族的比較。這藉由湯普遜、丁乃通、金榮華等書檢索類型故事作的比較研究可見一斑。

〔註 1〕　〔美〕斯蒂・湯普森著：鄭海等譯：《世界民間故事分類學》（上海：上海文藝出版社，1991 年 2 月），頁 537。

〔註 2〕　金榮華：《中國民間故事與故事分類》（台北：中國口傳文學學會，2003 年 3 月），頁 9。

第一節　民間故事的跨國追溯

　　劉魁立提到要從事民間故事本質的探討，對現存資料比較研究的必須性〔註3〕：

> 幾乎從第一次嘗試對民間故事進行科學探索時開始，人們就發現，每一個國家所搜集的故事資料都有成千上萬，而就全世界而言，這個數在不斷增長，但是這並不意味著故事的情節或類型也有這樣多。往往同一個故事在許多不同的國家都有流傳，也就是說情節類型的數目是較爲有限的，許多資料不過是某一共同情節的變體和大量異文而已。根據一些國家的統計資料，一個民族所流傳的故事至少有三分之一以上屬於國際性的或世界性的。由於人們發現，有一些故事不僅在亞洲及歐洲的不同國家流傳，而且還可以在全世界幾乎所有的民族中間都找到它們的蹤跡，於是學者們就從方法論的角度提出了比較研究的問題。爲了認識民間故事的本質，爲了探求民間故事的形成、演變、流傳的規律，不能不對大量的現存資料從各種角度進行歷史的或地理的、貫時的或共時的比較研究。

至於故事情節，他認爲「固然，型態的變化本身不可避免地要受到情節內涵的制約，但是型態變化在一定程度上也有其自身發展的規律。同時，型態的研究也會幫助我們更深刻地把握民間文學作品的內涵。」〔註4〕所以「研究民間口頭敘事文學多從類型切入，將有相似情節的民間敘事文學歸類，進行相互比較，其優點是能夠分析故事的結構型態和母題，揭示同類型故事之間互相影響和流傳變異的軌跡以及結構規律，展示同類型民間故事流變的歷史縱深和在不同地域空間的變異情況。」〔註5〕

　　芬蘭學派的"地理歷史比較研究法"，廣泛地、詳盡地研究故事情節，確定這些故事情節最初的發祥地及其流傳的地理途徑。通過對散見於世界各地的某一情節的各種異文的比較研究，根據純粹形式方面的特徵，來探尋它的所謂"最初形式"和所謂"最初國家"，同時力圖指明它產生的時間和流

〔註3〕劉魁立：〈世界各國民間故事情節類型索引述評〉，《劉魁立民俗學論集》（上海：上海文藝出版社，1998年10月），頁355。

〔註4〕劉魁立：〈中國蛇郎故事類型研究〉，《劉魁立民俗學論集》（上海：上海文藝出版社，1998年10月），頁135。

〔註5〕萬建中：《民間文學引論》（北京：北京大學出版社，2006年7月），頁216。

傳到其他地方的先後時序。〔註6〕對民間故事進行類型的整理、探索，是芬蘭學派的一種研究方法。阿爾奈和湯普遜的《民間故事類型》，正是這方面最有代表性的著作。AT 分類法就是依照民間故事的基本結構作爲分類標準，在判斷故事類型有較明確的依歸，且此分類法在國際甚爲通行，依此方法對民間故事的跨國、跨區域與跨族群比較研究都有相當大的助益。

　　中國在二十世紀三○年代有學者嘗試進行這樣的故事類型研究，如鍾敬文對天鵝處女型、蛇郎型、蛤蟆兒子型等民間故事的研究。而丁乃通的《中國民間故事類型索引》與金榮華的《民間故事類型索引》，這兩本索引書應用國際通用的 AT 分類法對中國民間故事作類型分類，使中國民間故事能與國際接軌，提供更多民間故事研究的相關線索，如故事流傳分布情況、敘事風格、文化內涵及歷史演變，藉此更能掌握國內外各地民間故事的概況，進行跨國、跨區域與跨族群民間故事比較研究。對民間故事有了點、線、面的認知途徑。以下分述民間故事類型的性質與故事源頭。

一、民間故事類型的性質

　　以 AT 分類法來看民間故事流傳分布的範圍，可分爲 1.世界性的類型：故事普遍流傳於世界各地，如 177〔賊和老虎〕、411〔國王和女妖〕、461〔三根魔鬚〕、930A〔命中注定的妻子〕〔註7〕；2.區域性的類型：故事流傳於某些區域，如歐洲或亞洲，類型有 301G〔桃太郎〕、333C〔老虎外婆〕、503E〔狗耕田〕、1520〔放響屁〕等〔註8〕；3.本國性的類型：僅流傳於某個國家，如776〔落水鬼仁念放替身〕、779D〔天雷獎善懲惡媳〕、779E〔涼水加糠有功德〕〔註9〕。以下分別舉例說明中國 AT 民間故事類型與世界民間故事的跨國追溯。

〔註6〕 同註3，頁 358。

〔註7〕 Stith Thompson, *The Types of the Folktale* (Helsinki, 1981) pp.64～65、138～139、156～158、326～327.

〔註8〕 參見(1)丁乃通著；鄭建威等譯：《中國民間故事類型索引》（北京：中國民間文藝出版社，1986 年 7 月），頁 91～99、158～161、374～375。(2)金榮華：《民間故事類型索引》（台北：中國口傳文學學會，2007 年 2 月），頁 110、134、193。(3)Hiroko Ikeda, *A Type and Motif Index of Japanese Folk-Literature* (Helsinki, 1971) pp.71～72、91～92、132～134、243～244。

〔註9〕 金榮華：《民間故事類型索引》（台北：中國口傳文學學會，2007 年 2 月），頁285～286、287～288、290～291。

二、民間故事的源頭

應用 AT 分類法,「通過類型之間的對比,我們可以發現民間故事的演變趨勢,揭示其發展規律、進而探索人類特有的思維方式,了解某個地區、某個民族、某個國家存在有哪些類型,它們的流傳頻度有多高;與世界性類型的共同性何在,它們在歷史演變過程中受社會、地理因素的制約程度多大,其原始型態如何等等。」〔註10〕民間故事的源頭也藉此獲得跨國的追溯與探討。

(一)世界性的類型故事

有一則世界性的類型故事 AT 177〔賊和老虎〕,金榮華在〈「不怕老虎祇怕漏」故事試探〉〔註 11〕提到這則故事的重點,顯然是在表現老虎和偷牛賊各自誤會所產生的趣味。金氏以語言學比較了中國、日本、韓國、印度、西班牙等國同型的故事,從「虎」、「雨」的語音聲調探討故事的源頭,發現中國漢族粵東的潮州話與閩南話這兩字的語音相同。由此看來,AT 177 型故事雖在好幾個國家流傳,但其發源地應當是在中國華南沿海的潮州或閩南,華南產虎,故事中的虎角色也其來有自。並推算出故事產生的上限時間在第八世紀的盛唐時期,下限時間是十五世紀中葉明景帝年間。

還有流傳於世界的 AT 461 型故事〔三根魔鬚〕,劉守華對此故事的〈千年故事百年追蹤〉〔註12〕,說明 AT 461 型〔三根魔鬚〕故事是由"命運之子"和"到異域去旅行"兩個古老的故事複合而成。這兩個故事都來自古印度的《佛本生經》。這類故事在中國和亞洲有深厚根基,推論故事是由東方傳入歐洲而後傳遍世界的。其特徵有:1.在宗教文化與世俗文化的相互滲透中生根開花。2.藉助口頭與書面兩種文本的交錯並舉深入人心豐富提高。3.在世界性與民族性的交融中實現其傳承演變。此型故事的各國異文呈現出民族與地域的差異性。歐洲地區表現的思想是人類無力與命運之神對抗;中國則表現先人後己,捨己為人的道德倫理。謝明勳則對百回本《西遊記》之「三根救命毫毛」與 AT 461 型故事之關係,從佛經故事之考察、民間故事之思索,做更為

〔註10〕馬學良、白庚勝:〈中國民間故事分類研究的回顧與展望〉,《民間文學論壇》1993 年第一期,頁 49。

〔註11〕金榮華:〈「不怕老虎祇怕漏」故事試探〉,《禪宗公案與民間故事——民間文學論集》(台北:中國口傳文學學會,2007 年 9 月),頁 77～84。

〔註12〕劉守華:〈千年故事百年追蹤〉,《比較故事學論考》(黑龍江人民出版社,2003 年 5 月),頁 548～561。

明確的解說，肯定「西遊」故事與此一類型故事間的密切程度，甚至說後來民間故事中的某一情節的盛行，係受到西遊故事直接或間接推波助瀾的影響。〔註13〕

　　金榮華從流傳於歐洲、美洲、亞洲和北美等地的 AT 566 型故事〔三件寶物和仙果〕，指出故事雛型見於佛經《毘奈耶雜事》，在長期的口頭傳播過程中，和其他類型的故事混合或結合發生變異，產生了新的民間故事的情形，如〔群魔爭法寶〕、〔妖怪的新娘〕、〔神鳥之心〕、〔神鳥之心和分離的兄弟〕、〔跳舞的鞋子〕等。前三者故事（566〔三件寶物和仙果〕、518〔群魔爭法寶〕、507A〔妖怪的新娘〕）在唐朝或唐朝以前曾傳入中國；567〔神鳥之心〕、567A〔神鳥之心和分離的兄弟〕故事是到了二十世紀才見於中國；306 型故事〔跳舞的鞋子〕迄今尚未見於中國境內之採錄。〔註14〕

　　常見於歐洲地區而僅流傳於中國遼寧的 AT 706 型故事〔無手少女〕，金榮華的〈遼寧省所見 AT 706 型故事試探〉從有同一類型故事的國家：印度、韓國、日本、俄國，探究推論該型故事是從歐洲部分的俄國傳入中國，解釋了這型故事何以二十世紀才見於中國以及為什麼又祇見於遼寧省，這是與俄國於 1896 年租借進駐遼寧有關的。〔註15〕

　　還有一則金榮華編碼為 926B.1〔拾金者的故事〕的類型故事，在其他國家也有此故事流傳。〔註16〕他在〈「拾金者的故事」試探〉中從中國、西班牙、德國等國的貨幣材質來論述，推斷這一型的故事應是起源於十四世紀中葉的中國。〔註17〕

　　AT 930A 型故事〔命中注定的妻子〕，這是一則國際性的故事，金榮華

〔註13〕謝明勳：〈百回本《西遊記》之「三根救命毫毛」與 AT 461 型故事之關係試論〉，《古典小說與民間文學——故事研究論集》（台北：大安出版社，2004年 8 月），頁 131〜151。

〔註14〕金榮華：〈一個民間故事的全球傳播與變異——佛經《毘奈耶雜事》中 AT 566 及其相關類型試探〉，《湖北民族學院學報》第二十六卷第四期（2008 年第四期），頁 50〜55。

〔註15〕金榮華：〈遼寧省所見 AT 706 型故事試探〉，《中國民間文學學術研討會文集》（高雄師範大學國文系，1996 年 1 月），頁 50〜60。

〔註16〕同註 9，頁 372〜373。

〔註17〕金榮華：〈「拾金者的故事」試探〉，《禪宗公案與民間故事——民間文學論集》（台北：中國口傳文學學會，2007 年 9 月），頁 39〜57。

〈「定婚店」故事試探〉〔註18〕從男主角殺害女孩的動機談起，探討各國的社會階級制度，指出印度的婆羅門種姓制度應是此型故事的源頭。而最早的文字紀錄則是中國的〈定婚店〉（第九世紀）和〈灌園女嬰〉（第十世紀）。

中外各國民間不乏流傳機智人物的故事，黃永林從一則國際性的類型故事 AT 1635A*〔虛驚〕探尋中國的原型與流傳。作者從流傳於中國各地區、各族群五十一篇異文的情節單元歸納統計，探討這個故事類型在中國的原型和流傳情況。認爲這個故事的原型最早產生於長江中游地區湖北中西部，以口頭形式沿著長江水運交通途徑向全國各地進行傳播。〔註19〕案：惟該文以情節單元相同的篇數多寡來判定故事原型與發源地的方式實有待商榷，因人們感到有趣或有意義的故事情節常會一再轉述，然而這不一定就是故事的原貌，如孟姜女故事源起齊杞梁妻即是一例。

（二）區域性的類型故事

流傳在東北亞地區的 503E〔狗耕田〕型故事，劉守華從同一類型故事按情節的繁簡區分三個亞型，還探討兄弟分家制度、習俗的起源和演變。並對兄弟分家故事作跨文化的比較，呈現中、日、韓三國不同的歷史文化背景。中國社會因對家財分配，實行兄弟均分，故事中行善助弱的內容意涵很明顯。日本由嫡長子單獨繼承遺產，所以故事中的糾葛不是兄弟相爭，而是發生在相互爲鄰的善惡兩位老者之間。韓國的遺產制度則與承擔祭祀祖先義務的嫡長子有密切關係。〔註20〕於長敏則說明日本〈讓枯樹開花的爺爺〉是在中國〈狗耕田〉的影響下產生的故事。〔註21〕

丁乃通擬定的一則 333C 型故事〔老虎外婆〕，吳安清在《虎姑婆故事研究》〔註22〕對這故事作一考察，將大陸與台灣地區的虎姑婆類型故事作分析與比較，並探討故事的信仰、源頭與意義。此故事也見於日本地區，林佳慧

〔註18〕 金榮華：〈「定婚店」故事試探〉，《禪宗公案與民間故事——民間文學論集》（台北：中國口傳文學學會，2007 年 9 月），頁 59～75。

〔註19〕 黃永林：〈一個機智人物故事的原型與流傳——AT 1635A*型故事的中國原型探尋〉，《華中師範大學學報》第四十一卷第三期（2005 年 5 月），頁 113～119。

〔註20〕 劉守華：〈分家得一條狗——“狗耕田”故事解析〉，《中國民間故事類型研究》（湖北：華中師範大學出版社，2002 年 10 月），頁 537～547。

〔註21〕 於長敏〈日本對中國 “狗耕田” 型故事的吸收與改造〉，《東方民間文學比較研究》（北京：北京大學出版社，2003 年 10 月），頁 348～353。

〔註22〕 吳安清：《虎姑婆故事研究》（東吳大學中國文學研究所碩士論文，2004 年）。

以台灣〈虎姑婆〉與日本〈天道的金鎖〉作比較研究，闡明台灣與日本同一型的故事即使原來可能在傳承上源於同一種民間故事的典型，因為地域的不同，故事的發展與敘述上會呈現出差異性。〔註 23〕

　　中韓兩國皆有"旁迆"故事的流傳，顧希佳從唐・段成式《酉陽雜俎》記錄的一則古代新羅國的民間故事作探討，認為這是由"龍蠶"〔註 24〕和"偷聽話"〔註 25〕複合型的故事，並說明這兩型故事在中韓兩國民間的口頭敘事領域裡廣為流播的情景。〔註 26〕

（三）本國性的類型故事

　　丁乃通擬定的 400C 型〔田螺女〕在中國民間流傳頗廣。祁連休《中國古代民間故事類型研究》的〔田螺女型故事〕，也是相同類型的故事，此故事初見於晉・束晳《發蒙記・白水素女》，歷代文獻皆有記載，如：《搜神後記・白水素女》、《述異記・謝端》、《原化記・吳堪》等，還見於現當代的故事集中。〔註 27〕劉魁立則檢視中國 400C〔田螺姑娘〕同一類型的現存文獻資料，加以對照，對這故事的產生、流傳基礎和條件及其過渡形態，進行了推斷和論證，推論西晉《發蒙記》、唐《原化記》、宋《夷堅志》為故事的單、複線型式文本代表，現仍相當完好地流存在人們口傳敘事中。〔註 28〕謝明勳在「吳堪」故事的流變論述中，指出源於六朝志怪〈白水素女〉的民間故事〈田螺姑娘〉，其相關故事的前半部在描述男主角窮困，到拾取巨螺，發現螺女可以「脫殼變化成人」情節，基本上沒有太大改變，然在故事後半部的發展上，卻出現多種「可能」不同的情節。尤其是「報恩」主題對於此一故事的影響，是以這一系列以降的民間故事，既有「動物報恩」主題，亦有與其他類型故

〔註 23〕林佳慧：〈台灣與日本的民間故事比較研究——以台灣〈虎姑婆〉與日本〈天道的金鎖〉為例〉，《第六屆國際青年學者漢學會議——民間文學與漢學研究會議論文集》（台東大學人文學院，2007 年 11 月），頁 149～167。

〔註 24〕「龍蠶」故事，金榮華已擬定新類型，編碼 714，型名〔蠶王〕。

〔註 25〕「偷聽話」故事，丁乃通編碼 613A，型名〔不忠的兄弟（同伴）和百呼百應的寶貝〕；金榮華編碼 598，型名〔不忠的兄弟和百呼百應的寶貝〕。

〔註 26〕顧希佳：〈中韓"旁迆"故事比較研究〉，《杭州師範學院學報》2004 年四期，頁 69～76。

〔註 27〕祁連休：《中國古代民間故事類型研究》（河北：河北教育出版社，2007 年 5 月），頁 259～269。

〔註 28〕劉魁立：〈論中國螺女型故事的歷史發展進程〉，《民族文學研究》2003 年二期，頁 3～15。

事（如 465 型）複合的情況。〔註 29〕

　　還有一則中國所特有的類型故事，丁乃通編碼 592*，型名〔險避魔箭〕〔註 30〕。劉守華將同一類型故事作比較，故事分布在湖北、湖南、廣東、廣西、貴州、四川一帶，大部份是華南區域的少數民族所流傳，如苗族、土家族、侗族、壯族、瑤族及僚佬族等。所以認為「此類型故事乃是楚文化下的產物，是一種獨具楚人天子夢的民間作品，且此類故事未曾在楚文化圈以外的區域流行。」故事是在明清之際實現整合，並從某一中心點流播開來，再同各地有關人物、風物相結合而成為一個“傳說圈”的。〔註 31〕蔡蕙如則從流傳於台灣林道乾傳說中「早發神箭」母題與大陸少數民族同類型傳說故事進行比較。兩者故事中「三枝箭射殺皇帝，因時辰過早而失敗」的情節相似，其餘的情節皆因文化背景及區域風物民俗的不一樣，而有所不同，也反映出不同的意蘊。大陸少數民族故事有著濃厚的民族意識及不願向惡勢力低頭的抗爭意識；台灣的故事則呈現「命之所在」、「數之所定」的觀念。〔註 32〕近年相關的類型故事記錄還見於河北、福建、江西、台灣澎湖等地。〔註 33〕

　　民間文學的產生，有其民俗文化的背景，在中國漢族文化區內流傳的「水鬼與漁夫」故事在這方面尤其明顯。金榮華從四十七則同類型故事中，歸納其敘事基本結構，說明故事裡中國投胎轉世的觀念，閻王、土地公和城隍的信仰等。〔註 34〕新設故事類型：776〔落水鬼仁念放替身〕與 776A〔漁夫義勇救替身〕〔註 35〕，呈現中國民間故事另一特色。顧希佳則將“漁夫水鬼”故事的古代典籍文本二十多例、當代采風記錄文本八十多例加以梳理和比較，分為〔水鬼仁慈型〕與〔漁夫勸阻型〕兩類型，等同金榮華擬定的

〔註 29〕 謝明勳：〈《原化記》「吳堪」故事源流考釋〉，《山鳥下聽事，簷花落酒中：唐代文學論叢》（中正大學中文系，1998 年 6 月），頁 549～578。

〔註 30〕 金榮華將此類型故事編碼為 592B，型名〔神箭早發〕。

〔註 31〕 劉守華：〈楚文化中的民間故事——《早發的神箭》文化型態剖析〉，《比較故事學》（上海：上海文藝出版社，1995 年 9 月），頁 268～282。

〔註 32〕 蔡蕙如：〈林道乾傳說中「早發神箭」母題的探討〉，《台灣民間文學學術研討會論文集》（新竹：清華大學中國文學系，1998 年 3 月），頁 257～267。

〔註 33〕 同註 9，頁 221～223。

〔註 34〕 金榮華：〈落水鬼仁念放替身——水鬼與漁夫型故事試探及其型號之設定〉，《民俗與文學學術研討會論文集》（高雄：中山大學中文系，1998 年 11 月），頁 443～461。

〔註 35〕 同註 9，頁 285～286、286～287。

776、776A 故事類型。並說明此類型故事的特徵與中國鬼文化發展脈絡大致相符。〔註 36〕謝明勳就水鬼漁夫《聊齋志異・王六郎》故事，考察研析其故事的流布與「城隍」信仰之結合、「多重爭端」之故事情節營設與陳說目的、「暴死相代」之說與「厭勝」之法等，說明民間故事與民間信仰結合的情況。〔註 37〕

　　綜上所述，可知以 AT 分類的中國民間故事因編碼與國際相接軌，往往可透過同一類型編碼與流傳於世界各地的故事對照參看，進行民間故事流傳分布、地理傳播與歷史演變等的相關研究。

第二節　民間故事的分布和文化意義

　　金榮華說：「不同的文化，產生不同的故事。某一文化區產生的故事如果能在另一文化區流傳，除了外貌上的改變外，在實質的情節或細節方面也常會有所變動，以因應新的聽眾，或賦予新的意義。」〔註 38〕日本學者伊藤清司也說：「從遠古流傳下來的民間故事傳說中，有很多是與民族心理與一般民俗具有某些關係的。正因為如此，那些故事、傳說才能長久地傳述下來。」〔註 39〕皆說明可從類型瞭解掌握故事的分布區域，又從類型情節的比較探究其變異與文化關聯，突顯其文化意涵。劉魁立說民間故事研究需先瞭解各國故事的分布情況：

> 無論從一則故事還是從一類故事入手，無論從一個地區、一個民族、一個國家的範圍出發，還是從若干民族乃至從世界範圍出發來進行民間故事的研究，都必須了解：在某個地區、某個民族、某個國家有哪些故事流傳；某一個故事流傳的廣泛和頻繁程度如何；流傳過程中的歷史的和地理的變異情況如何，等等。而為了在更廣闊的範圍內進行民族間、國際間的雙邊的或多邊的比較，就還要了解某個

〔註 36〕顧希佳：〈"漁夫水鬼"型故事的類型解析〉，《思想戰線》2002 年二期，頁109～113。

〔註 37〕謝明勳：〈水鬼漁夫故事析義——以《聊齋志異》「王六郎」故事為中心考察〉，《古典小說與民間文學——故事研究論集》（台北：大安出版社，2004 年 8 月），頁 217～238。

〔註 38〕同註 2，頁 102。

〔註 39〕伊藤清司：〈故事、傳說的源流——東亞的比較故事、傳說學〉代序，《民間文學論壇》1992 年一期，頁 80。

故事或某類故事在不同國家的狀況和相互關係。如果對已經記錄的
和已經發表的民間故事資料缺乏切實的全面的了解和掌握,那麼欲
達到上述目的就是虛妄的、不可能的。〔註40〕

這個目的就是認識故事的本質、探求民間故事的形成、演變、流傳的規律等。
又如俄羅斯學者瑞爾蒙斯基所說的:

文學的聯繫和相互影響是歷史的範疇,在各種具體的歷史條件下其
活躍的程度是不同的,並且採取不同的形式。……許多民間故事的
情節——妖魔的、動物的、故事的、奇聞笑談的——卻具有國際性。
促進這一現象的是童話作品的美妙的、引人入勝的特性,沒有地區
性民間口頭傳說特有的對民族、歷史和地理的直接依存關係,以及
散文的形式,因而它使一種語言轉述成另一種語言和創造性的更換
地方情調,使之適應另一種民族環境比較容易進行。〔註41〕

正如金榮華所說的:「民間故事的基本結構,常是流傳千百年而不變的,但是
次要單元往往與時推移,因地因人而異,假借揉捏,變化甚多。」〔註42〕劉
守華也說:「故事類型是由單一或複合母題構成的。類型研究的重點是解讀或
剖析貫穿於同一類型眾多異文中的母題,由母題及其組合情況來考察故事的
文化內涵與敘事美學特色。」〔註43〕他又說:「類型研究的主要特點就是把同
一故事的多種異文集合起來進行比較、分析、綜合,既可以從"大同"之中
看出它們共有的母題、思想文化內涵及藝術情趣等等,展現出故事的原型;
也可以從"小異"之處看出不同文本的民族地域色彩以及講述人的個性風格
等等。」〔註44〕

　　同一個類型故事在不同的地域、族群之間流傳,總會與該民族的文化作
某些融合,所以在故事情節單元素裡往往蘊含各民族的文化因素。〔註45〕正

〔註40〕 同註3,頁355～356。
〔註41〕 轉引自劉守華:《中國民間故事類型研究》(湖北:華中師範大學出版社,2002
　　　　年10月),導論,頁24。
〔註42〕 金榮華:〈落水鬼仁念放替身——水鬼與漁夫型故事試探及其型號之設定〉,
　　　　《民俗與文學學術研討會論文集》(高雄:中山大學中文系,1998年11月),
　　　　頁162～163。
〔註43〕 同註41,導論,頁23。
〔註44〕 同註41,導論,頁23。
〔註45〕 「情節單元素」是指一個情節單元中不涉及改變故事結構的角色或事物,如
　　　　333C〔老虎外婆〕故事中的虎,有的故事說是狼或熊。

如金榮華說的：「在各國各族間流傳的同一類型故事，可能是各地各族獨自產生、不謀而合的，也可能是出自一源而接受者各自加以本土化的。所謂本土化，主要是把外來故事中一些不為本地大眾所習知的事物更換為大眾所習知者。但是，一則故事的產生，有其當地環境和習俗的基礎，傳入別的文化區以後，如果主要事物被更換，而相關細節沒有適當處理，那麼一些外來的痕跡仍可經由對比而被察覺。」〔註46〕例如 AT 1060〔擠捏石頭比力氣〕故事大意：吃人笨魔和人比力氣，拿起一塊石頭，用力一捏就把它捏碎了。和他比賽的人則將一塊乳酪放在手中擠捏，輕鬆地讓它變形。笨魔一見，以為那人的力氣比他大得多，便認輸而退。在中國的這型故事裡，和妖魔比賽者手中擠捏的是石灰，這是中國農村社會不製造、不食用乳酪而產生的變異。〔註47〕所以「故事在哪裡講跟文化絕對有關係。」、「把所有故事按照同一個分類方法進行分類，這樣我們就容易瞭解這個故事在世界各地流傳的地域性，然後看它的文化背景。」〔註48〕

日本學者小澤俊夫對民間故事與民族性的關聯有這樣的看法：

> 我們自以為了解其他民族，但其實所了解到的關於其他民族只是非常片面的，不過是這個民族的一部分而已。但是，若能從這個民族裡所孕育出的「民間故事」去了解該民族的話，將能夠了解這個民族的心，而不致流於片面的價值觀。……「民間故事」是一個民族去了解其他不同民族的心的一種很具體的材料。〔註49〕

藉由民間故事探索各區域或民族的文化特色，是具體可行的方法。如亞洲儒家文化區的中日韓三國，自古以來關係極為密切，彼此的民間故事自有講述與交流，這或可從三國的民間故事來探討其共同性。

一、東亞中日韓三國民間故事的共同性

2003 年 5 月，由日本民間文學家小澤俊夫發起，聘請中日韓三國學者合

〔註46〕 金榮華：〈拾金者的故事試探〉，《禪宗公案與民間故事——民間文學論集》（台北：中國口傳文學學會，2005 年 6 月），頁 46。

〔註47〕 節錄自金榮華：《中國民間故事與故事分類》（台北：中國口傳文學學會，2003年 3 月），頁 102～103。

〔註48〕 金榮華：〈民間故事研究〉，《白族文化研究》（雲南：雲南人民出版社，2008年 12 月），頁 104～105。

〔註49〕 轉引自林佳慧：〈台灣與日本的民間故事比較研究——以台灣〈虎姑婆〉與日本〈天道的金鎖〉為例〉，《第六屆國際青年學者漢學會議——民間文學與漢學研究會議論文集》（台東大學人文學院，2007 年 11 月），頁 151。

作，〔註 50〕編印一部《中國韓國日本民間的故事集》〔註 51〕（以下稱爲《中日韓民間故事選集》）。這部書選編各國具有代表性、能使人感受到風土人情、有助於青少年健康成長的民間故事。書中也將各國選出的故事譯成其他兩國文字，對照印出，提供給三國的青少年兒童閱讀，除體現各國文化特徵與價值外，也促進彼此文化交流。〔註 52〕

　　日本學者斧原孝守說：「日本具有代表性的民間故事，多數在國外有同類故事，並且其最近緣的同類故事正是分布在東亞這個文化區域裡。其中有的故事超越民族，但在一定程度上也要求有地域上的統一性。在東亞就存在著這種統一性。這可以說是民間故事的文化圈。」〔註 53〕鍾敬文也說：「中日兩國文化上的親緣關係是相當廣泛和深遠的。特別是民間故事方面的關係則更具代表性，這方面相同和相似的篇章不少，但在數量上到底有多少？過去誰也沒有做過切實的調查、統計。」〔註 54〕《中日韓民間故事選集》這部書所收錄的雖然不是各國全面性的故事，但卻是各國選編者認爲具有該國代表性的，這可提供一個見微知著的面向來探討中日韓三國民間故事的一些關係。以下就以湯普遜（AT）、丁乃通（ATT）與金榮華（ATK）三部分類索引（總稱 AT 分類）來檢視此書，探討東亞中日韓三國民間故事的關聯性。文中論述所引用的各故事類型名稱及故事提要，皆依金榮華索引書所擬寫。

　　這部故事選集總共三冊，收錄中日韓三國 23 篇民間故事，其中中國故事有 7 篇，篇目如下：

　　1.〈牛郎星和織女星〉

　　2.〈熊家婆〉

　　3.〈木鳥〉

　　4.〈高亮趕水〉

〔註 50〕三國民間故事的選編者是：日本筑波大學名譽教授小澤俊夫、中國華中師範大學劉守華教授、韓國嶺南大學金和經教授。見劉守華：〈跨國選編中韓日故事合集的啓示〉，頁 4。

〔註 51〕《中國韓國日本民間的故事集》（日本：奧林匹克紀念青少年綜合中心，2004年），這部選集爲中日韓三國文字對照版本。

〔註 52〕劉守華：〈跨國選編中韓日故事合集的啓示〉，參見顧希佳、李慎成主編：《中韓民間故事比較研究》（北京：中國文聯出版社，2007年），頁 4～5。

〔註 53〕斧原孝守著：陳崗龍譯：〈關於東亞民間故事比較研究問題〉，《民族文學研究》1993年第四期，頁 91～92。

〔註 54〕鍾敬文：〈中日民間故事比較泛說〉，《鍾敬文文集·民間文藝學卷》（安徽：教育出版社，2002 年 12 月），頁 645。

5.〈棗核〉

6.〈誰的本事大〉

7.〈貓哪兒去啦〉

日本故事有 8 篇，篇目如下：

1.〈天女媳婦〉

2.〈老天爺鐵鏈子〉

3.〈一寸法師〉

4.〈摘山梨〉

5.〈滾年糕〉

6.〈老鼠嫁女〉

7.〈嗨喲〉

8.〈胡蘿蔔、牛蒡和蘿蔔〉

韓國故事有 8 篇，篇目如下：

1.〈仙女和樵夫〉

2.〈成為日月的兄妹〉

3.〈癩蛤蟆報恩〉

4.〈埋兒養母的孝子〉

5.〈鬼怪的故事〉

6.〈鹿、兔子、癩蛤蟆爭相賣老〉

7.〈不孝的青蛙〉

8.〈鏡子的故事〉

在選集中，中國故事見於 AT 分類的有 4 篇，篇名及型號如下：

1.〈熊家婆〉，型號 333C。

2.〈牛郎星和織女星〉，型號 400。

3.〈棗核〉，型號 700。

4.〈貓哪兒去啦〉，型號 1373。

日本故事見於 AT 分類的也有 4 篇，篇名及型號如下：

1.〈老天爺鐵鏈子〉，型號 333C。

2.〈天女媳婦〉，型號 400。

3.〈嗨喲〉，型號 1687。

4.〈老鼠嫁女〉，型號 2031。

韓國故事見於 AT 分類的有 5 篇，篇名及型號如下：

1.〈成為日月的兄妹〉，型號 333C。

2.〈仙女和樵夫〉，型號 400。

3.〈不孝的青蛙〉，型號 982C。

4.〈鏡子的故事〉，型號 1336B。

5.〈鹿、兔子、癩蛤蟆爭相賣老〉，型號 1920J。

中日韓三國見於 AT 分類的相同類型故事有以下二者：

1.〈熊家婆〉、〈老天爺鐵鏈子〉、〈成為日月的兄妹〉，型號 333C，型名〔虎姑婆〕此型故事大意如下：

> 母親出門時，囑咐孩子們小心看家，不要隨便開門讓陌生人進來。後來一隻老虎或狼，冒充是他們的外婆，騙孩子開門進了屋。晚上，假外婆吃掉一個孩子，另一個孩子聽到她咬嚼的聲音，向她要一點吃，結果拿到的是她吃剩的手指，因此察覺到這個外婆是冒充的，便假裝要上廁所而走出屋外。假外婆防他逃走，在他身上繫了一根繩子。他到了屋外，把繩子繫在別的東西上，然後逃走。當假外婆發現受騙，急忙去追，孩子使用種種方法躲避，最後用開水或其他方法把假外婆殺死。有時也出現上天幫助孩子的情節。〔註55〕

2.〈牛郎星和織女星〉、〈天女媳婦〉、〈仙女和樵夫〉，型號 400，型名〔凡夫尋仙妻〕此型故事大意如下：

> 男主角娶了一位仙女或動植物變的妻子，也因而獲得了財富。後來仙女之父喚回仙女，或孩子因母親為動物所變而受到奚落，或丈夫對妻子起疑並意圖傷害等原因，仙女離去，財富也或隨之消失。後來丈夫帶著孩子前去尋妻，結局有三種：一是夫妻團聚，二是不能復合，三是隔很久才能見一次面（鵲橋相會）。〔註56〕

這部選集裡除了以上三國相同的類型故事姑且不論外，日韓兩國其餘的故事在中國也流傳甚廣，試述如下：

〔註55〕同註9，頁 132。

〔註56〕同註9，頁 137。

（一）中國的故事

1.〈棗核〉

故事是說：有一村莊的兩夫妻，生個小孩像棗核點大，就取名叫棗核。棗核很勤快，天天幹活，獲得眾人的誇獎。有一年旱天，衙門硬來收官糧、搶牲口，棗核便用計取回被搶的牲口，也懲治了縣官。此型故事型號 700，型名〔小不點兒〕，一般故事大意是：

> 一對久祈子女的夫婦生下一個身材只有拇指一般大的孩子，而且一直長不大，放牛時就坐在牛的耳朵裡。後來他幫助村民反抗官府逼糧，被抓進衙門受處罰。但因身材細小且行動迅速而安全逃回。或是他被老虎吞進肚內，在老虎盯上獵物時，他就在虎肚內大叫，警告對方逃走，使老虎長久不得一物而餓死，他則安然脫險。〔註57〕

這型故事據 ATK 記載，除中國之外也見於日本〔註58〕；另外韓國也有此型故事的流傳。〔註59〕

2.〈貓哪兒去啦〉

故事是說：阿凡提買三斤肉交給妻子烹煮，妻子獨自把肉煮來吃掉，卻謊稱被貓偷吃。阿凡提把貓抓來一秤，恰好三斤，便問妻子：如果這是肉的話，那麼貓呢？此型故事型號 1373，型名〔稱貓〕，一般故事大意是：

> 丈夫買了三斤肉，妻子獨自煮來吃了，謊稱被貓偷食。於是丈夫把貓捉來一稱，卻還沒有三斤重。或祇重三斤，拆穿了妻子的謊言。

〔註60〕

目前日韓兩國沒有見到此型故事的資料，而見於中國的故事，ATT、ATK 收入者有四篇，流傳於甘肅、新疆兩地的漢族、維吾爾族。〔註61〕在中國此型故事除了是夫妻之間的趣事，在雲南的白族還把它轉化為財主苛剋幫工的故事。

〔註57〕同註9，頁 244～245。

〔註58〕(1)金榮華：《民間故事類型索引》（台北：中國口傳文學學會，2007 年 2 月），頁 245。(2)Hiroko Ikeda, *A Type and Motif Index of Japanese Folk-Literature* (Helsinki, 1971) p.164。

〔註59〕參見 In-Hak Choi, *A Type Index of Korean Folktales*（Seoul Myong Ji University Publishing, 1979）p.68.編號 214。

〔註60〕同註9，頁 511。

〔註61〕(1)丁乃通；鄭建威等譯：《中國民間故事類型索引》（北京：中國民間文藝出版社，1986 年 7 月），頁 360。(2)金榮華：《民間故事類型索引》（台北：中國口傳文學學會，2007 年 2 月），頁 511。

〔註62〕除中國之外，在 AT、ATK 書中記載，此故事還見於歐洲的西班牙、義大利、土耳其及亞洲的阿拉伯、烏茲別克等地。〔註63〕據德國學者尤瑟（Hans-Jörg Uther）的索引資料，這型故事最早見於十三世紀的古伊朗，歐洲十七世紀則有相關的文獻紀錄。〔註64〕所以這故事的流傳途徑似乎是有跡可尋的。

（二）日本的故事

1.〈嗨唷〉

這故事是說：有個男孩幫人幹活，吃了好吃的江米團子，他一路叨念這名字想回家請媽媽做給他吃。走到半路，跳過小河時，他喊了一聲"嗨唷"。之後回到家，就一直要媽媽做"嗨唷"給他吃，最後把媽媽惹煩了，在他頭上敲一棍起個大包，這才知道他要吃的是像大包的江米團子。此型故事型號1687，型名〔傻瓜忘詞〕，一般故事大意是：

> 妻子叫傻丈夫去她娘家借布機，或去買食物，或去親友處致賀詞，他怕忘了，便一邊走一邊唸，但在半路上跌了一跤，把詞弄錯了，因此鬧了笑話，後來因為旁人不經意的動作或說話，他才記起了原來的詞句。如妻子叫他去借布機，他跌了一跤後，說成了「肚飢」，因此岳母就不斷拿東西給他吃，最後生氣了，拿起布機上的木棍要打他，他才想起了是要借布機。〔註65〕

這型故事據 ATT、ATK 收入者，在中國有三十三篇，流傳於漢族、珞巴族等四族，分布於中國的西藏、浙江等地。〔註66〕

2.〈老鼠嫁女〉

故事是說：鼠爸想將女兒嫁給世上最強的人。因太陽光太強，使牠們睜不開眼，牠們只好去問月亮，月亮說怕雲遮，雲怕風吹，風怕牆擋，牆怕打洞的老鼠。最後鼠爸就把女兒嫁給老鼠了。此型故事型號 2031，型名〔強中更有強中手〕，一般故事大意是：

〔註62〕同註9，頁451。
〔註63〕(1)*The Types of the Folktale*（Helsinki, 1981）p.408。(2)金榮華：《民間故事類型索引》（台北：中國口傳文學學會，2007年2月），頁511。
〔註64〕Hans-Jörg Uther, *The Types of International Folktales*（Helsinki, 2004), part II. p.178.
〔註65〕同註9，頁606～607。
〔註66〕(1)丁乃通著；鄭建威等譯：《中國民間故事類型索引》（北京：中國民間文藝出版社，1986年7月），頁462～464。(2)金榮華：《民間故事類型索引》（台北：中國口傳文學學會，2007年2月），頁607。

> 老鼠想成爲一個很強的東西，或嫁一個更強的動物，最初認爲太陽
> 最強，但太陽怕雲遮，雲怕風吹，風怕牆擋，而牆怕老鼠咬，繞了
> 一圈，還是自己最強。〔註67〕

這型故事見於中國的，據 ATT、ATK 收入的有六十八篇，流傳於漢族、哈薩克族等十八族，分布的區域幾乎遍及全國。〔註68〕

（三）韓國的故事

1.〈不孝的青蛙〉

故事是說：有隻青蛙非常任性，媽媽叫牠往東，牠偏向西。有一天，媽媽老去臨終時，跟兒子說死後要埋在河邊，其實媽媽是希望埋在山上的，牠這樣說，是因爲覺得兒子會反其道而行的。不料不孝的青蛙後悔平時沒聽媽媽的話，這回就按照媽媽遺願去做，可是總擔心河水會把墳墓沖走，所以青蛙都會在河邊不停的哀鳴。

此型故事是金榮華擬定的類型，型號982C，型名〔弄巧成拙　劣子遵遺言〕〔註69〕，一般故事大意是：

> 有個青年，從小不聽他父親的話，叫他朝東，他就偏偏向西。父親
> 在臨終時，因爲兒子處處和他背道而行，故意說死後要葬在河灘上，
> 以爲這樣說了，他兒子便會把他葬在高山。不料兒子因爲從來沒有
> 順從過父親的意思，這時也有些自責，於是決定遵從父親的意願，
> 把父親葬在河灘上。爲了防止河水氾濫時泡壞棺木，他還花大錢修
> 築了河堤。〔註70〕

這型故事中國最早的紀錄見於南宋・李石《續博物志》卷九的〈狠子葬父〉〔註71〕。根據 ATK 記載，這個故事除中國河南省之外，日本也有此型故事流傳。〔註72〕

〔註67〕同註9，頁649。

〔註68〕(1)丁乃通著；鄭建威等譯：《中國民間故事類型索引》（北京：中國民間文藝出版社，1986年7月），頁514～516。(2)金榮華：《民間故事類型索引》（台北：中國口傳文學學會，2007年2月），頁649～651。

〔註69〕同註9，頁431。

〔註70〕同註9，頁431。

〔註71〕南宋・李石《續博物志》卷九〈狠子葬父〉：有一狠子，生平多逆父旨。父臨死，囑曰：“必葬我水中。”意其逆命必葬土中。至是，狠子曰：“生平逆父命，死不敢違旨也。”破家築沙潭水必以葬。

〔註72〕同註9，頁431。

2. 〈鏡子的故事〉

故事是說：丈夫從京裡買回一面鏡子，藏在衣櫃裡。妻子起疑取出鏡子一照，以為他帶回年輕女子，妻子向婆婆、公公哭訴，他們也以為是鄰家婆子來串門及父親顯靈了。此型故事型號 1336B，型名〔不識鏡中人〕，一般故事大意是：

> 農民進城買了一面鏡子回家。妻子照鏡，罵他買了一個女人回家。
> 母親一看，說：還是個老太婆。父親看了則說：為什麼找一個這樣
> 老的莊稼漢？農民請縣官調解，縣官看了說：你既然已經請了一個
> 縣官，為什麼還來找我？〔註73〕

據 ATT、ATK 收入者，這型故事見於中國的有三十二篇，流傳於漢族、柯爾克孜族等五族，傳述的範圍有東北、華南等地區。〔註74〕此故事在中國最早的紀錄是三國魏·邯鄲淳的《笑林·不識鏡》。〔註75〕日本也有此型故事流傳，池田弘子所編寫的《日本民間文學類型和情節單元索引》，將其編號為1336A。〔註76〕

3. 〈鹿、兔子、癩蛤蟆爭相賣老〉

故事是說：有一回鹿、兔子、癩蛤蟆彼此爭老。鹿說天和地分開時，牠就爬上梯子到天上鑲嵌星星；兔子則說那梯子是自己做的；癩蛤蟆一聽掉著眼淚說，他想起種樹做掛日月的錘柄兒而累死的兒子們，結果鹿、兔子只好承認癩蛤蟆的年紀最大。此型故事型號 1920J，型名〔漫天撒謊　比誰最老〕，一般故事大意是：

> 參加比賽的主角或是動物或是人，大家都舉例證明自己的年齡最
> 大。〔註77〕

這型故事見於中國的，據 ATT、ATK 收入者有三十四篇，流傳於漢族、仡佬

〔註73〕同註9，頁505。
〔註74〕(1)丁乃通著；鄭建威等譯：《中國民間故事類型索引》（北京：中國民間文藝出版社，1986年7月），頁350～352。(2)金榮華：《民間故事類型索引》（台北：中國口傳文學學會，2007年2月），頁505。
〔註75〕三國魏·邯鄲淳《笑林·不識鏡》：有民妻不識鏡。夫市之而歸，妻取照之，驚告其母曰"某郎又索一婦歸也。"其母亦照曰："又領親家母來也。"
〔註76〕(1)金榮華：《民間故事類型索引》（台北：中國口傳文學學會，2007年2月），頁505。(2)Hiroko Ikeda, *A Type and Motif Index of Japanese Folk-Literature*, p.236。
〔註77〕同註9，頁637。

族等九族，廣見於中國的西北、華中等地區。〔註78〕在中國最早的紀錄見於《韓非子・外儲說左上》。〔註79〕日本此型故事則見於 ATK 記載及池田弘子編號 1928（II）的故事情節。〔註80〕

4.〈埋兒養母的孝子〉

故事是說：有個孝子為了怕養兒妨礙供養寡母，欲掘地埋兒，不料於土坑內獲得一聚寶罐，有取之不竭的財寶，孝子得此鉅金後侍奉母親更篤。此故事 AT 未建型，但在中國最早的紀錄見於晉・干寶《搜神記》卷十一的〈郭巨埋兒得金〉，〔註81〕後世文獻也迭有記述。

綜上所述，可以看出日韓兩國見於 AT 分類的故事也流傳於中國，講述的族群包括漢族及少數民族，傳述地區也遍及中國各地。

同屬東亞的中國、日本、韓國，從三世紀開始即有互相接觸交通的紀錄。〔註82〕三國的地理位置相近，歷史淵源久遠，在文化、宗教上密切交流融合，形成了同一文化區，又各具特色。中日韓三國由於彼此文化相近，講述的故事容易交流，也容易被接受，這在民間故事的互見上適足透露出端倪來。

總觀這部選集的二十三篇故事，中國的三個故事類型也見於日韓；日本的四個故事類型也見於中韓；韓國的六個故事類型也見於中日，共有十三篇之多。當中有六個類型是三國共有的（333C、400、700、982C、1336B、1920J）；有三個類型是中日、中韓二國共有的（1687、2031 及〈埋兒養母的孝子〉），顯示選集中有過半數的故事是三國互見或二國互見的，所以這部

〔註78〕 (1)丁乃通著；鄭建威等譯：《中國民間故事類型索引》（北京：中國民間文藝出版社，1986 年 7 月），頁 507～508。(2)金榮華：《民間故事類型索引》（台北：中國口傳文學學會，2007 年 2 月），頁 637～638。

〔註79〕 《韓非子・外儲說左上》，〈鄭人爭年〉：鄭人有相與爭年者。其一人曰："我與黃帝之兄同年。"訟此而不決，以後息者為勝耳。

〔註80〕 (1)金榮華：《民間故事類型索引》（台北：中國口傳文學學會，2007 年 2 月），頁 638。(2)Hiroko Ikeda, *A Type and Motif Index of Japanese Folk-Literature*, pp.279～280。

〔註81〕 晉・干寶《搜神記・郭巨埋兒得金》：郭巨，隆慮人也，一云河內溫人。兄弟三人，早喪父。禮畢，二弟求分。以錢二千萬，二弟各取千萬。巨獨與母居客舍，夫婦傭賃，以給供養。居有頃，妻產男。巨念與兒妨事親，一也：老人得食，喜分兒孫，減饌，二也。乃於野鑿地，欲埋兒，得石蓋，下有黃金一釜，中有丹書，曰："孝子郭巨，黃金一釜，以用賜汝。"於是名振天下。

〔註82〕 鄭樑生：《日本古代史》第二章第一節（台北：三民書局，2006 年），頁 57～68。

《中日韓民間故事選集》，雖然是各國的民間文學家選出該國具有代表性的故事，但從故事基本結構來看，這些故事是在東亞的中日韓三國共同流傳的。

二、民間故事的流布與文化意涵

阿蘭・鄧迪斯在〈相關主題的象徵類同：分析民間故事的一種方法〉〔註83〕提到主題的象徵類同的文化關係：

> 這種文化假定異文在一定的相同主題段落產生，在這樣一種環境中，人們有描繪一個文化某種特產或象徵雷同的文化關係的可能性，另一方面，在某種程度上，一個特定的故事類型可以在不止一種文化中找到，微乎其微的民間故事在一種文化中的分布受到限制，人們可以用這種方法調查交叉文化象徵類同的困難問題。……人們可以根據一個文化環境中的相同主題確定類同，然後，帶著從其它文化中推理來的相同主題的象徵類同比較這些結果。借助這種比較，人們可以依靠某些資料而不是避開推測解決象徵分布的長期問題。

雖是同一類型的民間故事，在人們口耳相傳的講述過程中，自有發生變異的可能，金榮華說：「民間故事的口耳相傳，有兩種最顯著的現象：一是在輾轉敘述的過程中，故事的背景和細節當地化；二是故事中的情節若有不能盡愜人意的，則在輾轉敘述過程中逐漸省略，或是增添情節，予與彌補。」〔註84〕藉由故事細節的當地化，使故事能在該地區的文化背景下立足生根。

（一）民間故事的跨國比較

左江透過一則源自印度佛經的 AT 91 型故事〔猴子的心忘在家裡了〕，對中日韓三國龜猴題材民間故事作探討〔註85〕。分別就故事情節：「出場角色」、「故事緣起」、「甲方計謀」、「計畫公開」、「乙方對策」、「故事結局」分析三國故事的異同。故事流傳受地域文化的影響呈現出一定的差異，如日韓故事登場角色的兔子、猴子，皆被描寫為機智而敏捷的動物；日韓為沿海國家或

〔註83〕阿蘭・鄧迪斯：〈相關主題的象徵類同：分析民間故事的一種方法〉，《民間文藝季刊》1989 年二期，頁 220～221。

〔註84〕金榮華：〈中韓灰姑娘故事對口傳文學理論的印證〉，《民間故事論集》（台北：三民書局，1997 年 6 月），頁 111。

〔註85〕左江：〈對中韓日三國龜猴題材民間故事的再考察〉，《民族文學研究》2005年二期，頁 69～75。

島國，故事場景自然表現爲發生在大海中，而中國則有海或河的說法。

　　丁乃通〈中國和印度支那的灰姑娘型故事〉〔註 86〕一文是從流傳於兩國的 AT 510A 型〔灰姑娘〕故事探討其源頭，並透過周遭國家韓國、越南與其他族群漢、苗、彝、藏族各地故事異文，將故事情節、角色與其他故事複合等作逐一對比探討。認爲這故事至少源於十一世紀前，可能是一個越南或越人的故事，是由兩支不同的傳統構成。古代傳統和它傳承的中心是越南，現代傳統是在中國南部。並分析說明各地故事細節呈現的文化背景，如金鞋變成繡鞋；魚變成牛、鳥；男人變成秀才等。

　　江帆對比歐亞大陸同一型 AT 706〔無手少女〕故事的差異，在父親害女兒的原因與女兒雙手復生的原因是不同的。又將同處東亞的中國、日本的故事作比較，相異處是中國故事表現儒文化思想觀念的道德訓誡；日本的故事情節則與宗教人物、宗教場所有關，顯示其受到宗教的影響。〔註 87〕

（二）民間故事的跨區域比較

　　林繼富的"老虎怕漏"故事解析〔註 88〕，以故事類型探討該故事在中國境內的傳承系統：一是以漢族爲主題的傳承系統，常與 AT 78 型故事相連，故事的敘事輕鬆，趣味性強。二是以傣族、德昂族爲中心的西南山地民族傳承系統，故事裡大量出現蓑衣、斗笠等雨具以及大象、老虎、兔子等西南山區的動物。三是以青藏高原爲核心的傳承系統，該系統內的故事，常常與王位繼承有關。

　　中國民間普遍流傳著一則 AT 440A〔神蛙丈夫〕幻想性的故事，神奇丈夫的神秘色彩及人獸婚戀的情節，正是人們津津樂道的所在。丁乃通的故事情節單元包括「生子」、「許婚條件和婚姻」、「其他功績」、「解脫魔惑」、「登位」五個部分。〔註 89〕艾伯華《中國民間故事類型》，編號 42、43〔青蛙皇帝〕、

〔註 86〕丁乃通：〈中國和印度支那的灰姑娘型故事〉，《中西敘事文學比較研究》（湖北：華中師範大學出版社，1994 年 10 月），頁 98～128。

〔註 87〕江帆：〈民間敘事中的善惡觀念釋例——"斷手姑娘"解析〉，《遼寧大學學報》第二十九卷第一期（2001 年 1 月），頁 96～99。

〔註 88〕林繼富：〈一句話引出的喜劇——"老虎怕漏"故事解析〉，《中國民間故事類型研究》（湖北：華中師範大學出版社，2002 年 10 月），頁 87～97。

〔註 89〕丁乃通著，鄭建威等譯：《中國民間故事類型索引》（北京：中國民間文藝出版社，1986 年 7 月），型號 440A，頁 129～132。

〔蛤蟆兒子〕的故事情節亦概括在內。〔註90〕鍾敬文曾就「蛤蟆兒子」故事的兩個型式：「解難題娶妻」、「殺敵立功娶妻」說明故事的意涵，如人類生產或撫養小動物或別的小物類、求子觀念、難題求婚等。〔註91〕陳曉紅則對分布在中國不同民族文化區中的神蛙丈夫型故事的異文作歸類，說明其共同點有：1.故事以人們表現出的強烈生育願望爲起點。2.故事中的青蛙的性質是屬於具有神性的異類，會變形，而非被魔法控制的人。3.故事重點敘述青蛙如何達到與人女婚配的目的及其過程，而非是爲解脫魔法所爲。4.青蛙的外殼對其生命至關重要。再就不同區域的故事情節型式可分爲：1.西南、西北民族文化區顯神力結親型；2.北方民族文化區起死回生結親型；3.中南民族文化區顯神力征戰結親型；4.中南民族文化區的勞動結親型；5.東南漢民族文化區的獲寶結親型。〔註92〕這些故事既反映出各地民族所具有的共同文化特性，又反映出不同民族文化區域中的社會生活與心理結構的差異，顯見各族群不同敘事觀點所蘊含的文化背景。

　　丁乃通所擬定的780D*〔歌唱的心〕型故事，這型故事在中國流傳甚廣，俗語「不見黃河心不死」有的說法是與此故事相關。黃玉緞從一則採錄自澎湖的「甘羅的故事」，探討民間文化對此型故事情節的影響〔註93〕。文中提到故事「不死」之各種物件和其流傳地區，漢族將取心的人說成惡霸等負面人物；或用心變成的器物、玉石、盆等，這就避免取心毀屍情節。而青海的少數民族因有毀屍葬的習俗，故挖心的情節自然能在這個區域流傳。民間故事的情節往往有其生活背景作爲基礎，故民間故事在流傳過程中，「情節單元素」時有變異，展現其「因地制宜」的特性。

　　（三）民間故事的跨族群比較

　　433D〔蛇郎〕型故事是丁乃通所擬定的類型，這一故事類型的相關研究

〔註90〕艾伯華著，王燕生等譯《中國民間故事類型》（北京：商務印書館，1999年2月），頁81～84。

〔註91〕鍾敬文：〈中國民間故事試探・蛤蟆兒子〉，《鍾敬文民間文學論集》（下冊）（上海：上海文藝出版社，1982年10月），頁218～224。

〔註92〕陳曉紅：〈不同民族文化區域的神蛙丈夫型故事比較〉，《民間文學論壇》1993年三期，頁2～11。

〔註93〕黃玉緞：〈從澎湖「甘羅的故事」看民間文化對故事情節的影響〉，收於金榮華主編《民間故事論文選（第一輯）》（台北：中國口傳文學學會，2004年9月），頁239～252。

有鍾敬文的〈蛇郎故事試探〉〔註94〕以流布於中國各地的同類型故事，歸納故事型態有三大型：原形的、變態的、混合的。還區分與其他故事複合的情形：與老虎外婆式混合的、與螺女式混合的、與老虎外婆式及螺女式混合的、與灰姑娘式及螺女式混合的。劉魁立的〈中國蛇郎故事類型研究〉〔註95〕則就中國蛇郎故事構成的五個情節：開頭、婚配、謀害、爭鬥、結局，綜述各地域情節內容的差異。劉守華〈蛇郎故事在亞洲〉〔註96〕一文探討在亞洲地區的中國、日本、印度、緬甸等國的蛇郎故事，比較其各國差異處有：蛇的特徵與含義不同、藝術風格上的差異、故事背景有所不同等。

筆者曾對蛇郎故事在臺灣的流傳與變異試作探討〔註97〕，台灣雖與中國大陸地區所流傳的故事情節相似，但在主要角色塑造上更爲細膩生動，情節也加入了察覺蛇郎眞正身分的安排，而韻語、俗諺運用及風俗敘述上也頗具本土趣味，藉由此類型故事顯見台灣與大陸東南沿海地區在文化、地理上有著密切的關聯。台灣原住民族的蛇郎君故事，在主要角色塑造、情節安排上儘管沒有漢族群的細膩生動，但仍有其特別處，如：

1. 在漢族群故事中的蛇郎並沒有專指那一種蛇，但在魯凱族的故事裡則往往指明爲百步蛇青年，且認爲蛇爲靈界神人的化身，而非眞爲蛇類，因此故事往往強調百步蛇之高貴性、階級性，這與其他故事所概括的蛇郎字眼有很大的不同。老父所採摘的花，在漢族群曾提及玉蘭花外，其他都沒有特定的花名。但在魯凱族都說所採的是百合花，因爲在族內百合花象徵了女子的貞潔，是特別受到敬重，且戴百合花也是貴族的特權。〔註98〕所以故事裡的蛇和花，自有其族群文化意涵。

2. 蛇郎君故事的主角在卑南族有〈虎郎君〉的變異。以虎取代了蛇，發生這種變異的原因，劉守華認爲蛇郎君在卑南、魯凱族人心中是位高

〔註94〕　鍾敬文〈蛇郎故事試探〉，《鍾敬文文集・民間文藝學卷》（安徽：教育出版社，2002 年 12 月），頁 559～575。

〔註95〕　劉魁立：〈中國蛇郎故事類型研究〉，《劉魁立民俗學論集》（上海：上海文藝出版社，1998 年 10 月），頁 137～147。

〔註96〕　劉守華：〈蛇郎故事在亞洲〉，《比較故事學》（上海：上海文藝出版社，1995 年 9 月），頁 418～438。

〔註97〕　陳麗娜：〈蛇郎故事在臺灣的流傳與變異〉，《美和專校學報》第十六期，1998 年 6 月，頁 187～201。

〔註98〕　金榮華：〈魯凱族口傳故事試探〉，《台灣民間文學學術研討會論文集》（新竹：清華大學中國文學系，1998 年 3 月），頁 70。

貴王子，他與人間女性結合後成了他們尊崇的祖先，而 433D 型主人翁脫去蛇皮後，只不過成一名普通富有的男子，在具有神聖和神秘色彩的蛇郎形象佔據人們心頭下，便以老虎來扮演他的角色了。〔註 99〕此說法或可顯示出原住民崇蛇的民俗文化背景。

台灣漢族群在蛇郎妻子遇害後，靈魂大多先變形成飛鳥，最後甚至有變成年糕、紅龜粿的一致性。而在排灣、卑南族故事傳述中則有雞、青蛙、麻糬等的變形，由此展現原住民族活潑、生活化的一面。雖然從歷史和地域而言，原住民族的蛇郎君故事極有可能是從漢族傳入的，但在故事講述中仍透露了其社會習俗及文化背景的特色。

　　劉守華的〈一個多民族傳承的故事類型之比較〉〔註 100〕是對一個在漢、藏、維、回族眾多民族地區流行的 AT 1641 型〔萬能博士〕故事的探討。他認為西藏和四川藏族的故事是從《尸語故事》中〈豬頭點驗大師〉演變而來，漢族口頭流傳的此型故事，以〈夢先生〉為代表。將兩者故事作比較，各有其民族與地域文化特徵。前者的主人公為牧民，故事依託打獵、喝酥油茶等生活文化場景展開；後者則以農民為主人公，以農耕生活為背景，抓住日常生活中的作夢來構造故事。此型故事受到世界廣大地區人們的喜愛而傳誦不已，正是它有著適應人類的文化內涵與精巧的敘事藝術融合的結果。

　　綜上所述，誠如劉魁立所說的：「民間故事作為人民群眾集體創作的、傳統的口頭的語言藝術，是一種複雜的現象。民間故事不僅具有他特殊的藝術形式，而且還飽含著各自不同的思想內容。無論從形式方面，或是從內容方面，又都有多種因素在互相作用，以構成完整的、有機統一的藝術作品。民間故事在它的本身中蘊含著集體的因素和個人的因素，傳統的因素和即興的因素，古代的因素和現實的因素，鄉土的因素和更廣闊的地域的因素，民族的因素和世界的因素。」〔註 101〕可見民間故事的分布與當地文化背景有很密切的關係，探討同類型故事流傳在各地所產生的情節差異，適可提供瞭解各地域族群文化意涵的參考面向。

〔註99〕劉守華：〈閩臺蛇郎故事的民俗文化根基〉，《民間文學論壇》1995 年四期，頁23。

〔註100〕劉守華：〈一個多民族傳承的故事類型之比較〉，《中央民族大學學報》2001年一期，頁 120～123。

〔註101〕同註 3，頁 385～386。

第捌章　結　論

　　1876 年英國學者丹尼斯從友人提供的故事資料，注意到中國地區家庭的故事傳說，並擬定故事類型 8 大類 17 式，只是當時學術界，除趙景深寫過評介之外，並沒能引起學界太多的關注。1928 年鍾敬文與楊成志翻譯介紹〈印歐民間故事型式表〉，學者開始注意中國民間故事類型的研究。鍾敬文 1931 年〈中國民間故事型式〉的刊行，這是編製中國民間故事型式的先河，對故事類型索引編寫的啓蒙有很大影響。

　　艾伯華在 1937 年於赫爾辛基出版的《中國民間故事類型》，這是第一本中國民間故事類型分類的索引，他爲中國故事類型設計擬定了一套編撰系統。丁乃通的《中國民間故事類型索引》，在 1978 年出版，這是第一本用 AT 分類法來分類中國民間故事的索引。中國龐雜多樣的民間故事藉丁氏索引而有了歸類與具體架構，並擴展民間故事比較研究的國際視野。金榮華的《民間故事類型索引》雖是以阿爾奈和湯普遜的「AT 分類法」及丁乃通的索引書爲編排基礎，然爲了落實 AT 分類爲中國民間文學工作者所用，他對前兩者的類型類目與編碼作了若干調整與修正，不僅使中國民間故事能與國際接軌，更能呈現中國的文化特色。劉守華提到這三部索引書的功用與特色 [註1]：

　　　　現有的三部"中國民間故事類型索引"，正因爲各有特色，各有長
　　　　短，因而具有很強的互補性。它們所包容的故事接近萬篇，從異文
　　　　量而言，可能只是現有書面資料的十分之一、二十分之一，如就故
　　　　事類型或常見故事類型而言，可以說已接近中國民間故事的實際面

〔註 1〕劉守華：《中國民間故事類型研究》（湖北：華中師範大學出版社，2002 年 10
　　　　月），導論，頁 21。

貌。這幾位著者的功績與貢獻理應受到我們的尊重。特別是在對中
國民間故事的整體觀照上，這幾部書更有其獨到功用。

這三本索引對於中國民間故事類型的歸類立型，可說是奠基與開展的基石，
其他還有蔡麗雲、袁學駿、祁連休等人，對中國民間動物故事、中國古代民
間故事類型與另立分類體系等課題進行研究編寫也有相當的成果。

中國的民間故事原本就極為豐富，在大陸 1984 年展開全國普查後，所採
錄到的故事量更為豐碩，「就全國而言，截止到 1990 年為止，各地共搜集民
間故事 183 萬篇，民歌 302 萬首，諺語 748 萬條，總字數約四十億字。目前
編印出版的僅為其中的一部分作品，全國近 3000 個縣，出版了約 4000 本縣
卷本。」〔註2〕面對如海量般的中國民間故事，學者頻頻有再編寫中國民間故
事類型索引的呼籲，近年來中日韓三國的民間敘事會議也屢有編撰三國跨
國比較類型索引的討論。〔註3〕以下分述學者對中國民間故事類型 AT 分類的
看法。

一、學者對中國民間故事類型 AT 分類的評論

歷來學者對於中國民間故事以 AT 分類法分類適當與否，各有不同意見，
其立場大致如下列：

（一）持肯定態度者

德國學者漢斯－約爾克‧烏特爾在〈關於民間故事分類現狀方面的幾點
意見〉〔註4〕中說明 AT 索引受到多國應用的事實：

然而，在對《AT 索引》和《母題索引》進行種種批評時不應忽視，
這些索引七十多年來始終被視為最受觀迎的工具書。它們能夠以最
快的速度從出版物和未出版的檔案材料中檢索研究者所需要的某個
地區或某個民族的文本。當然，在過去的二十五年裡出版的約六十
個新索引都以《AT 分類法》和《母題索引》為基礎，這絕不是偶然
的。如此之多的索引表明，大家還願意採用行之有效的《AT 分類法》

〔註2〕 劉魁立：〈關於中國民間故事研究〉，《北京師範大學學報》1994 年六期，頁
　　　 18。
〔註3〕 施愛東：〈中日韓民間故事類型索引編撰工作預備會在京閉幕〉，《民間文化論
　　　 壇》2005 年五期，頁89。
〔註4〕 〔德〕漢斯－約爾克‧烏特爾；張田英譯：〈關於民間故事分類現狀方面的幾
　　　 點意見〉，《民間文學論壇》1994 年第二期，頁 78。

和《母題索引》的。……那些從事歷史比較研究的學者，在他們看來，這兩個索引既是確定原始資料和風格方面的依賴關係、弄清口頭流傳和文字流傳之間相互關係的材料基礎，又是吸收每篇故事及所有文本的重要輔助工具。

劉魁立在〈關於中國民間故事研究〉〔註5〕說：

經過大半個世紀的實踐，應該承認，AT 體系確實對世界民間故事的發展起到了極大的推動作用，對世界民間故事資料的整理編類，提供了一個便於操作的或者可以借鑑的方法和原則，對觀察分析不同國家、不同民族的民間故事的一致、相似或相異，開闢了一個簡便的門徑。這部索引大大地促進了民間故事的比較研究和類型研究。當然在比較研究中就更有助於發現某一民族的民間的民間故事的諸多特點了。這些歷史功績是應該予以肯定的。

他在給日本民間文藝學者稻田浩二的一封信中，也談到 AT 分類法的價值，他說：「從 1910 年 Aarne 發表索引開始到今天，九十多年來的歷史實踐證明，它的經驗總體來說是有用的。它為大家提供了一個"共同語言"。雖然有笨拙不靈和不準確、不全面的缺陷，時至今日，AT Type-Index 和 Thompson Morif-Index 仍然是世界多數學者所使用的一個"習慣語言"。不論這個語言是否科學、準確，捨此我們暫時還沒有更為可行的、大家可以用來進行交際和相互比較的一個"共同語言"。」〔註6〕

AT 分類的國際性所帶來檢索跨國材料的方便是無庸置疑的，AT 分類法使民間故事研究領域打破過去的侷限性，使民間文學研究者瞭解和掌握世界各地的民間故事，進行各項跨國比較，使研究的視野更開闊。

（二）持反對態度者

艾伯華在《中國民間故事類型・前言》說自己確定中國故事類型時，「有時一些民間故事歸納成為一個類型，後來這個類型也可能分解成了若干個類型。」：

然而，把許多類型現在加以合併或者以後加以合併，這對中國這種特殊的情況來說也並非是值得提倡的。如果過分地合併，那就將會

〔註5〕同註2，頁20。
〔註6〕劉魁立：稻田浩二：〈《民間敘事的生命樹》及有關學術通信〉，《民俗研究》2001 年二期，頁118。

證明所有的類型對全中國都是適用的了，地區性的差別就會完全消失。那樣說來，民間故事資料對比較文化學來說就沒有什麼用處了，因為比較文化學的任務就是要仔細研究中國的各種特定文化，這恰好取決於那些細微的差別，而過於概括就會看不到細微的差別。〔註7〕

袁學駿對丁乃通的索引有以下的評論：

丁先生是以 AT 法來進行中國故事分類研究的。但是，許多中國神話，豐富的歷史人物傳說、史事傳說、地方風物傳說、風俗傳說和幻想故事、生活故事等作品無法歸入 AT 類別中。……以及他認為的"宗教故事"。對於文人的對詩故事，他認為是瞎編的。……其次，印歐故事型式不便體現中國故事固有的中華民族歷史文化的特色，東方文化特色。在 AT 分類法的製導下，丁先生搞了許多生搬硬套。……第三，AT 法的作法是把母題結構當作考察故事的出發點，這顯然是不合適的。第四，故事型式要有序號，也要有名稱。AT 類型只重編號，在稱呼上沒有中國人的語言特點和文化風格，比如其 122G 是"吃以前先把我洗乾淨或讓我自己洗乾淨"，這長長的一段話使用起來很不方便。〔註8〕

顧希佳在《浙江民間故事史·前言》〔註9〕說：

中國古代的鬼故事非常繁榮，各種各樣的鬼報恩、鬼復仇、鬼交友、鬼婚戀、鬼挪揄故事充斥在歷代典籍之中，幾乎到了俯拾即是的地步。但是在 AT 分類法中，目前我們所知有關鬼故事的編碼就很少，而且不成系統。這就給中國鬼故事進入 AT 分類法編碼帶來了困難。

關於中國民間故事的這一特點，早在上個世紀三○年代，德國學者艾伯華就已經發現了。他說：這些故事連同動物妻子的故事、與動物有其他關係的故事逐漸轉化的鬼怪妻子的故事及跟鬼怪的其他關

〔註7〕〔德〕艾伯華著：王燕生、周祖生譯：《中國民間故事類型》（北京：商務印書館，1999 年 2 月），前言，頁 8。

〔註8〕袁學駿：〈中國民間故事基本類型〉，《民間文藝論集》（北京：中國文史出版社，2001 年 6 月），前言，頁 4～5。

〔註9〕顧希佳：《浙江民間故事史》（杭州：杭州出版社，2008 年 1 月），前言，頁18～19。

係。男人不再娶一個動物，而是娶一個動物精怪。再往下發展到最後階段便由死鬼來代替動物精怪。這種情況尤其在“猴兒娘”的一些異文中非常明顯，出現死鬼代替猴子的情況。

事實上，只要稍加比照，我們就會發現中國的許多鬼故事原來是可以作爲動物故事的某個類型來審視的。只是在中國民間的講述習慣中，把故事模式中動物的角色一概置換成了鬼怪而已。

劉守華對丁乃通索引的評論，可分下列幾點：

1. 它對於民間故事並沒有一個科學的界說，比較注重以歐洲爲主的只有所謂“國際性”的故事。丁乃通先生在他的著作中只是補充了在中國新發現的個別類型，這種分類體系原有的該收而未收，不該收而收進的某些駁雜情況並沒有改變。

2. 《索引》中關於民間故事的内部分類，存在許多明顯不合理或不適合我民間文學傳統的地方。它沒有“寓言”這個類別，因此只得將《未雨綢繆》、《折箭教子》及《愚公移山》這些我們公認的寓言，勉強塞進“生活故事”裡。

3. AT 分類法按情節（單純的情節片斷或複合的完整情節）型式來分門別類，統一編碼，其實際效用已爲世人所公認，不能簡單地認爲它是形式的主義的產物予以否定。情節是故事的核心，情節本身就是内涵和形式的統一體，民間故事的思想生活内容不可能脫離具體生動的情節而空洞存在。在《索引》中的生活故事這個類別裡，將一系列愛情故事編排在一起，就自然地反映了這類故事的内容特點。〔註10〕

施愛東在介紹丁乃通《中國民間故事類型索引》的文章，最後有這麽一段話：

　　……但是，數位時代來臨的時候，我們發現，電腦和網路的搜索功能將迅速取代傳統的檢索工具，也許，我們還沒來得及好好使用這些工具書，它的檢索功能就已明日黃花。〔註11〕

就以上學者所論述的，艾伯華想爲中國民間故事擬定一套分類系統，或許因

〔註10〕劉守華：《故事學綱要》（湖北：華中師範大學出版社，1988 年 12 月），頁 18 ～19。

〔註11〕施愛東：〈丁乃通的《中國民間故事類型索引》〉，《民俗研究》2006 年第三期，頁 272。

爲想保留中國民間故事的細節，反而在故事分類類目上顯得細瑣，難見檢索系統，且 AT 分類雖然原是依據北歐故事作分類依據，而在湯普遜增添修正下，已呈現適用世界範圍的故事分類的成果。袁學駿則對 AT 是以「故事結構」而非「母題結構」作爲故事的考察有所誤解；且歷史人物傳說等作品是「沒有」而並非「無法歸入 AT 類別中」；另外丁乃通是以中國民間故事的情況，對 AT 分類塡補空缺，疏其異同，豈是「生搬硬套」。顧希佳的評述則或許要再考量下列問題，如：志怪小說的「情節單元」並非都是民間故事、動物故事與精怪故事的差異、民間故事中的冥婚民俗等。而施愛東文中提到的「網路的搜索功能將迅速取代傳統的檢索工具」話語實有所偏差。故事類型索引的撰寫，編寫者需先搜集大量相關書籍加以閱讀，判斷能否歸納故事共有的基本結構，再予與立型歸類；所謂數位化科技迅速搜索功能，只是加快檢索故事類型的型號、型名、引用篇目等資料，而非能判讀資料的歸屬，所以故事類型的歸類工作仍是科技所無法取代的。

（三）對 AT 論述持平者

李揚在〈簡論中國民間故事的分類體系〉〔註12〕提到 AT 分類是故事研究的工具，而非根本的目的：

> 還有的學者不加分析地將 AT 分類體系斥爲忽視故事思想內容等方面的形式主義的分類法。誠然，類型編製本身並不能反映民間故事研究的所有方面，從中確實看不到民間故事的思想意義、藝術特點、社會功能等，但能否正確評價這種分類法關鍵在於我們評價的出發點。我們進行故事類型的研究編製，並不等於說我們必然會因此而忽略和拋棄民間故事思想意義等等的研究，它只是我們故事學研究的一個側面和角度，只是事實業已證明的一種有效手段和有用的工具，而不是根本的目的和唯一的途徑。

陳連山在談到中國民間故事類型的「普遍性與特殊性」之爭，有相當中肯的評論：

> 故事的普遍性和特殊性是一對矛盾，對普遍性的追求，必然捨棄（至少也是暫時擱置）特殊性；而強調特殊性，則必然減少了對普遍性的追求。從一個地區範圍內的故事類型，到一個國家範圍內的故事

〔註12〕李揚：〈簡論中國民間故事的分類體系〉，《中芬民間文學搜集保管學術研討會文集》（北京：中國民間文藝出版社，1987 年 12 月），頁 198。

類型，再到世界範圍的故事類型，其普遍性不斷提高，而其特殊性
則遞減。不同層次的故事類型各有利弊，各有自己的適用範圍，並
不存在哪一方絕對優越的問題。〔註13〕

丁乃通並非不知道 AT 分類法未盡完善，他也曾經提出對該書修正的意見
〔註14〕：

我認為，我們學科的絕大部分學者同意普羅普（Propp）的觀察：當
作用仍保持穩定不變時，作用物則不然。在拙作關於中國特殊文化
區類型部分裡（17 頁）我已提示如此。於尚有混淆之處，我建議在
《類型》的修訂版中有許多易變的類型定義和名稱總有一天應歸於
統一。例如，155 型的名稱似應改為 "忘恩負義的蛇（狼等）重被
囚禁"，329 型應為 "躲藏魔鬼（食人魔，術士）" 更為確切些，
這樣，語言上保持具體而更易理解，出於對前輩的尊重，在閱讀了
所有能得到的說法後，直至我關於 681 型故事的文章之前，我未敢
提出如此的建議。任何分類體系通常並非一件輕而易舉之事。對於
一個涉及諸如民間敘事文學研究的千變萬化的領域來說，我相信，
對一個重要體系在字詞上的略微變動，並非過分之舉。

金榮華也說過故事類型分類體系的侷限〔註15〕：

就實際情形而言，每一種故事類型之分類體系都有它的侷限，尤其作
為一個國際性的架構，這種侷限更容易在各個文化地區呈現，因為它
永遠無法完全掌握世界各民族的大量故事。所以，陸續增添新的類型
和修正若干型號是必然的。也是必須的，AT 分類並不例外。

「堅持中國故事類型特殊性或者宣導中國故事類型普遍性，是兩種原則不
同、但是各有適應性的學術選擇。兩者之間並不存在孰優孰劣的問題。」、「在
全球化時代，我們要找到適合於全世界的故事類型，勢必對更多的民間故事
異文進行更高層次的抽象化。最理想的故事類型當然就是具有最大普遍性
的、能夠恰當概括全世界民間故事作品的類型。在這個層次上，所謂民間故

〔註13〕陳連山：〈普遍性與特殊性之爭：確定中國民間故事類型的兩種思路〉，《河南
教育學院學報》2008 年六期，頁 18。

〔註14〕丁乃通著：李揚譯：〈答愛本哈德教授〉，《故事研究資料選》（湖北：中國民
間文藝家協會湖北分會編印，1989 年 9 月），頁 286～287。

〔註15〕金榮華：〈中國民間故事和 AT 分類〉，《禪宗公案與民間故事──民間文學論
集》（台北：中國口傳文學學會，2007 年 9 月），頁 322。

事類型的"特殊性"是不存在的。因為每一個不同的故事都是特殊的，故事類型就是要超越其特殊性，在它們的共同性、普遍性上建立起來。即便是為了研究一個民族、一個國家的民間故事類型的特殊性，也需要首先瞭解世界民間故事類型普遍性之後才能夠更加準確地判斷其真正的特殊之處。」〔註16〕陳連山的這番話是很值得我們省思的。

二、擬定中國民間故事類型索引的建議與展望

對於中國民間故事類型索引要如何編撰，諸多學者各有不同建議、提案，如鍾敬文說要具有「中國的藝術精神與風致」：

> 中國更多的民間文學作品，則是在本民族的社會文化和相關民族心理的土壤上發育和茁壯生長起來的。即使那些從外族移植進來的作品，也必然要在流傳的過程中，或多或少地被本民族化（中國化）。換一句話講，就是它大都要具有中國特有的藝術精神與風致。因此，製作中國民間故事類型，主要必須具有這種理解，而後根據它去操作，才可能合理。〔註17〕

劉魁立則強調民族特點的重要〔註18〕：

> 我們看到，在諸多民族運用 AT 體系的原則和編碼，編製該民族的民間故事類型索引時，總是要結合本民族的特點，對 AT 進行一定程度的改制。我甚至以為，這大概是一個不變的實例。我希望這種索引既能真實地、科學地反映有關民族的特點，也能同世界民間故事研究接軌，不僅施惠於有關國家的學者，而且也便利於整個世界的民間故事研究界。

他提出的「中國民間故事比較索引編輯方案」是〔註19〕：為了開展民間故事的比較研究提供有效的工具書，同時可俯瞰整個中國漢族民間故事的大致情況，也為將來編輯東亞民間故事全面大型的比較索引工作打好基礎。以中國的漢族民間故事（尤指神奇故事）為範圍，依據中國民間故事集成的縣卷本

〔註16〕同註13，頁 18。
〔註17〕同註7，序言，頁 3。
〔註18〕同註2，頁 21。
〔註19〕劉魁立：〈中國民間故事的類型研究與形態研究〉，《紀念婁子匡先生百歲冥誕之民俗學國際學術研討會論文集》（成功大學中國文學系、台灣文化研究中心，2005 年 8 月），該文亦見《東亞文化研究》第八輯（香港：東亞文化出版社，2006 年 8 月），頁 187～188。

資料，採用「情節基幹」〔註20〕爲中心的分類法。

　　劉守華對這項索引工程有此設想〔註21〕：

1. 按中國民間故事集成的大框架來建構分類體系。按中國民間文學
集成總編委會的構想，就從“民間故事”的廣義出發，將神話傳
說和故事一體化處理。這樣做的理由是：第一，這三種體裁本來
就很密切，國際上統稱之爲民間故事。在中國，它們之間的關聯
更深更緊。第二，《中國民間故事集成》這部大書就是將神話傳說
和故事合併在一起編纂而成的，爲此還構建了一套完整的分類編
碼體系。

2. 另建中國民間故事類型編碼立型體系。丁乃通沿用 AT 分類法，
經過金榮華的局部修訂，已有了很大的改進。在編纂新的類型索
引時具有重要借鑑價值。採用 AT 分類的最大好處，是便於和國
際通用體系相一致，其實只要將相關類型編碼加以對照注明就可
解決問題。但我主張還是不沿用 AT 分類，而另外創立自己的故
事分類體系。

　　金榮華說：「故事類型索引使用 AT 系統，是因爲許多國家的民間故事編
目者在使用它，經由它的型號，可以超越各國語文的障礙，取得其他國家同
型故事的資訊，有比較寬廣的世界觀。」〔註22〕陳連山也說：「即使 AT 分類
法不適合中國故事，我們也應該參照它去重新建立更加具有普遍性、更加完
善的世界民間故事類型，畢竟目前還沒有一個比它更好的類型體系。假如我
們想要建立民間故事研究的世界視野的話，AT 分類法是無論如何也繞不過去
的。」〔註23〕目前 AT 分類能成爲最具有國際性的分類法，是它既有分類項目，
又有編號系統，而數字號碼是獨立於語言之外的，編碼分類也就有其普遍性。
檢視目前眾人對民間故事的分類，不論是那一種類別，實已大致包括在 AT 分
類法的類目中，採用 AT 分類法爲分類標準，實無窒礙難行之處，所以依照

〔註20〕劉魁立說：「文本都重複的情節部分我稱之爲情節基幹，這是眾多文本歸屬同
　　　　一個故事情節類型的重要標誌。」參見氏著〈中國民間故事的類型研究與形
　　　　態研究〉，頁 186。

〔註21〕劉守華：〈關於民間故事類型學的一些思考〉，《民族文學研究》2004 年第三
　　　　期，頁 25。

〔註22〕金榮華：《民間故事類型索引》（台北：中國口傳文學學會，2007 年 2 月），前
　　　　言。

〔註23〕同註 13，頁 19。

AT 分類法來編製像中國這樣擁有多族群國家的民間故事類型索引是較爲理想的，至於有些學者認爲 AT 不適用中國的部分，則可依中國民間故事的實際情況作調整或修訂，如金榮華的類型索引作法，如此既可使中國民間故事與國際接軌，又能保有中國的特色。若要另建立中國民間故事類型的分類系統，則應同時編製與 AT 分類體系，進而與他國分類體系的對照表，尤其是同文化區的日本、韓國，以方便檢索相關資料。

民間文學的分類是一件科學性很強的工作。它必須提出相應的原則與方法，具有明確的分類目的，合理解決分類中的體系與層次，說明各類定義與其相互間的網絡關係，使其理論系統具有獨立的意義。〔註 24〕索引工具書的編定需考量使用者能藉此檢索到資料，所以不僅是排比資料，還要提供找尋的途徑與方法，如分類架構、類型分類、關鍵詞索引等。以下試擬編寫中國民間故事類型索引的方式：

1. 資料範圍：採取民間故事廣義的定義，範圍包括神話、傳說、民間故事三類。取材資料以目前最具有代表性的《中國民間故事集成》與各縣卷本故事（如中國民間故事全書）、台灣地區的故事集等爲主。

2. 歸類方法：依據「AT 分類法」，兼採丁乃通、金榮華等學者索引編排的體例。

3. 成果：包括海峽兩地的「中國民間故事類型索引」。

在本課題研究的過程中，筆者也有下列幾點體認：

（一）在保存民間故事方面

爲了提供一種基礎來概述一個地區共同的大量故事儲存，類型索引是必要的。如鍾敬文所說「搜集者可以根據索引去採錄那些情節相同或者大致相近的故事，也可以憑藉它去搜錄還未被列入類型索引中的那些故事，這提供了保存民間故事的另一種方式。」所以不斷增補、編寫民間故事類型索引是有必要的。

（二）在研究民間故事方面

1. 協助研究者確立故事類型

故事比較研究若錯將不同類型的故事作歸納論述，其結果自會產生偏

〔註24〕張紫晨：〈民間文學的分類學和分類體系〉，《中芬民間文學搜集保管學術研討會文集》（北京：中國民間文藝出版社，1987 年 12 月），頁 181。

差。如論述「狗耕田」故事，把故事中角色只要是兩兄弟而其實是不同的類型故事皆列為亞型討論，如 596〔吐金石像〕、555A〔太陽國〕等故事，其論述結果是值得商榷的。〔註 25〕所以研究者若不能釐清各類型的故事，往往會影響比較研究的方向與結果。

2. 善用各類型索引的特色

民間故事類型索引，不僅是類型的分析和相關資料的匯集，也有著索引的作用。所以，如果分類的架構已經確立而類型的歸類失當，那麼使用者便無法依類檢索而影響了索引的功能。瞭解熟習各索引的特色與疏略，取其優點，去其缺失，才能使索引發揮最大效能，為研究者所用。

3. 提升故事研究的能力與開闊研究視野

就如鍾敬文所說，在開始故事研究時，類型索引是一種引導；再往後，它是一種借鑑、參考和強化分析、論證力量的助力。研究地方性或民族性傳統的學者，需要內容豐富的分類索引來激勵自己拓寬視野；從事比較性、世界性研究的學者甚至更需要它，以確認研究的對象與方向。類型索引的作用主要是檢索資料，民間故事研究者需要豐富的故事文本，而應用類型索引可作更開闊視野的探討。

本研究藉著瞭解各個中國民間故事類型索引的沿革、書寫體例與在國際上的定位，對其特色、疏略有所探討與掌握，取其優點去其疏略，建立一個索引整合平台。這個平台不論是進行本國性或跨區域、族群等民間故事的比較研究，皆可在各索引的相對應位置，檢索相關資料，瞭解各類型故事的關聯性。對於跨國性的故事研究，則可以與國際索引接軌進行比較，掌握故事的歷時、共時關係，對不同文化背景下的故事流變與文化意涵加以探討，這對於中外民間故事學的研究是有所裨益。

編寫類型索引是研究工作的手段，而不是研究的目的；是研究工作的準備，而不是研究工作本身。儘管如此，為便於掌握和利用這數量極多的民間故事，類型索引的存在仍是十分必要的。〔註 26〕雖然沒有哪一種類型索引能概括各民族各地區民間故事的實際狀況，可是編寫類型索引的工作仍要持續下去，也才能發揮各階段類型索引的功能。在未來類型研究這個課題，或許

〔註 25〕鄭土有：〈中國兩兄弟型（AT 503E）故事型態分析〉，《廣西民族學院學報》
　　　　2003 年一期，頁 73～78。
〔註 26〕同註 3，頁 386。

有幾項工作是可以進行的：

1. 整合各索引的體例，並不斷增補、編寫適用的類型索引，使更適用於中國民間故事的分類，這不僅提供豐富且便於檢索的資料，也對中國龐雜的民間故事作駕簡馭繁的歸納工作，更對民間文學工作者的相關研究，提供相當數量的文本資料。

2. 編寫區域或族群的民間故事類型索引，如台灣原住民族民間故事類型索引、漢族民間故事類型索引等。

3. 編寫相同文化區跨國民間故事類型索引，如中日韓三國民間故事類型索引等。

以丁乃通、金榮華等人的類型索引成果爲基礎，充分增補索引的內容及功能，繼而達成中國比較故事學的展望：「更加系統、深入地開展比較故事學研究、更自覺地增強比較故事學的中國特色。」〔註27〕想要達成這個目的，自然得適時對日常生活中豐富多樣的民間故事，掌握它的流傳與變異，不斷增補、編寫適用的類型索引，提供更方便檢索的途徑，這也是從事民間文學研究者需重視的課題。

〔註27〕劉守華：〈中國比較故事學展望〉，《比較故事學論考》（黑龍江人民出版社，2003 年 5 月），頁 127～142。

參考文獻

壹、中文書目

一、專　書

1. 丁乃通著；陳建憲、黃永林、余惠先譯：《中西敘事文學比較研究》。湖北：華中師範大學出版社，1994.10。

2. 丁乃通著；鄭建威等譯：《中國民間故事類型索引》。北京：中國民間文藝出版社，1986.07。

3. 丁乃通著；孟慧英、董曉萍、李揚譯：《中國民間故事類型索引》。瀋陽：春風文藝出版社，1983.11。

4. 上海民俗學會、上海文藝出版社編：《中國民俗學年刊》（1999 年）。上海：上海文藝出版社，1999.04。

5. 《中國韓國日本民間的故事集》。日本：奧林匹克紀念青少年綜合中心，2004。

6. 《中華民族故事大系》（十六冊）。上海：上海文藝出版社，1995.12。

7. 《中國傳奇》（潮州七賢故事）第五冊。台北：莊嚴出版社，1989。

8. 中國民間文學集成總編委會辦公室編：《中國民間文學集成工作手冊》。北京，1987.05。

9. 中芬民間文學聯合考察及學術交流秘書處編：《中芬民間文學搜集保管學術研討會文集》。北京：中國民間文藝出版社，1987.12。

10. 中國民間故事集成全國編輯委員會：《中國民間故事集成》。北京：ISBN中心出版。吉林卷（1992.11）、遼寧卷（1994.09）、陝西卷（1996.09）、浙江卷（1997.09）、四川卷（1998.03）、福建卷（1998.12）、江蘇卷（1998.12）、北京卷（1998.11）、山西卷（1999.03）、寧夏卷（1999.06）、海南卷（2002.09）、西藏卷（2001.08）、河南卷（2001.06）、甘肅卷

（2001.06）、廣西卷（2001.12）、雲南卷（2003.05）、河北卷（2003.01）、湖北卷（1999.09）、江西卷（2002.12）、貴州卷（2003.05）、湖南卷（2002.12）、天津卷（2004.11）、黑龍江卷（2005.09）、上海卷（2007.05）、廣東卷（2006.05）、山東卷（2007.04）、青海卷（2007.04）、內蒙古卷（2007.11）、新疆卷（2008.02）、安徽卷（2008.10）

11. 《中原文化叢書》（第一集）。苗栗：中原苗友雜誌社，1956。

12. 天鷹：《中國民間故事初探》。上海：上海文藝出版社，1981.05。

13. 王甲輝、過偉：《台灣民間文學》。上海：上海文藝出版社，2005.05。

14. 王顯恩：《中國民間文藝》。上海：上海文藝出版社，1992.03。

15. 〔德〕艾伯華（Wolfram Eberhard）：王燕生、周祖生譯：《中國民間故事類型》。北京：商務印書館，1999.02。

16. 〔德〕艾伯華：《台灣民間故事研究》。亞洲民俗社會生活專刊第一冊。台北：東方文化書局。

17. 白庚勝、向雲駒：《民間文化大風歌——鍾敬文百年華誕紀念文集》。銀川：寧夏人民出版社，2005.05。

18. 安德明：《飛鴻遺影——鍾敬文傳》。濟南：山東教育出版社，2003.11。

19. 李福清：《從神話到鬼話——台灣原住民神話故事比較研究》。台中：晨星出版社，1998.01。

20. 李獻璋：《台灣民間文學集》。台北：牧童出版社，1978。

21. 祁連休：《中國古代民間故事類型研究》（三冊）。河北：河北教育出版社，2007.05。

22. 祁連休、程薔：《中華民間文學史》。河北：教育出版社，1999.10。

23. 祁連休、蕭莉：《中國傳說故事大辭典》。北京：中國文聯出版公司，1992.02。

24. 吳同瑞、王文寶、段寶林：《中國俗文學七十年》。北京：北京大學出版社，1994.01。

25. 吳蓉章：《民間文學理論基礎》。四川：四川大學出版社，1987.09。

26. 金榮華：《禪宗公案與民間故事——民間文學論集》。台北：中國口傳文學學會，2007.09。

27. 金榮華：《民間故事類型索引》（三冊）。台北：中國口傳文學學會，2007.02。

28. 金榮華：《民間故事論文選》（第一輯）。台北：中國口傳文學學會，2004.09。

29. 金榮華：《中國民間故事與故事分類》。台北：中國口傳文學學會，2003.03。

30. 金榮華：《中國民間故事集成類型索引》（二）。台北：中國口傳文學學會，2002.03。

31. 金榮華：《澎湖縣民間故事》。台北：中國口傳文學學會，2000.10。

32. 金榮華：《中國民間故事集成類型索引》（一）。台北：中國口傳文學學會，2000.01。

33. 金榮華：《民間故事論集》。台北：三民書局，1997.06。

34. 金榮華：《金門民間故事集》。台北：中國文化大學中國文學研究所，1997.03。

35. 金榮華：《六朝志怪小說情節單元索引》（甲編）。台北：中國文化大學中國文學研究所，1984.03。（乙編）。台北：中國口傳文學學會，2008.03。

36. 金榮華：《比較文學》。台北：福記文化圖書公司，1982.08。

37. 周作人：《周作人民俗學論集》。上海：上海文藝出版社，1999.01。

38. 〔美〕阿蘭‧鄧迪斯；戶曉輝編譯：《民俗解析》。桂林：廣西師範大學出版社，2005.01。

39. 〔美〕阿蘭‧鄧迪斯編：陳建憲、彭海斌譯：《世界民俗學》。上海：上海文藝出版社，1990.07。

40. 〔美〕斯蒂‧湯普森著；鄭海等譯：《世界民間故事分類學》。上海：上海文藝出版社，1991.02。

41. 季羨林：《民間文藝學及其歷史——鍾敬文自選集》。山東教育出版社，1998.10。

42. 季羨林：《比較文學與民間文學》。北京大學出版社，1991.08。

43. 孟慧英：《西方民俗學史》。北京：中國社會科學出版社，2006.09。

44. 胡適：《胡適文存》。台北：遠東圖書公司，1971.05。

45. 洪惟仁：《台語經典笑話》。台北：台語文摘。1993。

46. 段寶林：《中國民間文學概要》（增訂本）。北京：北京大學出版社，2003.02。

47. 徐運德：《客家講古三百首》。桃園：達璟文化事業，1999.12。

48. 姜彬：《中國民間文學大辭典》。上海：上海文藝出版社，1992.06。

49. 姜佩君：《澎湖民間故事研究》。台北：里仁書局，2007.12。

50. 袁學駿：《民間文藝論集》。北京：中國文史出版社，2001.06。

51. 馬民超、王彩雲主編：《中國民間文學大辭典》。黑龍江人民出版社，1996.12。

52. 高國藩：《中國民間文學》。台北：學生書局，1995.09。

53. 陳崗龍、張玉安等著：《東方民間文學概論》（四卷）。北京：崑崙出版社，2006.10。

54. 陳慶浩、王秋桂：《中國民間故事全集》（四十冊）。台北：遠流出版社，1989.06。

55. 陳麗娜：《屏東後堆客家民間故事》。台北：中國口傳文學學會，2006.06。

56. 婁子匡、朱介凡編：《五十年來的中國俗文學》。台北：正中書局，1998.11。

57. 張炯：《新中國文學五十年》。濟南：山東教育出版社，1999.12。

58. 張玉安、陳崗龍主編：《東方民間文學比較研究》。北京：北京大學出版社，2003.10。

59. 張國風：《太平廣記版本考述》。北京：中華書局，2004.05。

60. 張紫晨：《張紫晨民間文藝學民俗學論文集》。北京：北京師範大學出版社，1993.12。

61. 張紫晨：《民間文學基本知識》。上海：上海文藝出版社，1979.07。

62. 鹿憶鹿：《中國民間文學》。台北：里仁書局，1999.09。

63. 許鈺：《口承故事論》。北京：北京師範大學出版社，1996.06。

64. 《國立中山大學民俗叢書》。東方文化出版社，1969 複刊。

65. 《國立北京大學中國民俗學會民俗叢書》。東方文化供應社，1971。

66. 葉春生：《典藏民俗學叢書》（三冊）。黑龍江人民出版社，2004.02。

67. 萬建中：《民間文學引論》。北京：北京大學出版社，2006.07。

68. 楊哲：《鍾敬文生平、思想及著作》。石家莊：河北教育出版社，1991。

69. 劉介民：《從民間文學到比較文學》。廣州：暨南大學出版社，1998.06。

70. 劉守華、陳建憲：《民間文學教程》。湖北：華中師範大學出版社，2007.03。

71. 劉守華、陳建憲：《故事研究資料選》。湖北：中國民間文藝家協會湖北分會編印，1989.09。

72. 劉守華：《比較故事學論考》。黑龍江人民出版社，2003.05。

73. 劉守華：《中國民間故事類型研究》。湖北：華中師範大學出版社，2002.10。

74. 劉守華：《中國民間故事史》。漢口：湖北教育出版社，1999.09。

75. 劉守華：《比較故事學》。上海：上海文藝出版社，1995.09。

76. 劉守華：《故事學綱要》。湖北：華中師範大學出版社，1988.12。

77. 劉守華：《中國民間童話概說》。成都：四川民族出版社，1985.08。

78. 劉錫誠：《二十世紀中國民間文學學術史》。河南：河南大學出版社，2006.10。

79. 劉錫誠：《中國新文藝大系（1937～1949）——民間文學集》。北京：中國文聯出版公司。1996.08。

80. 劉魁立：《劉魁立民俗學論集》。上海：上海文藝出版社，1998.10。

81. 賈芝：《中國新文藝大系（1949～1966）——民間文學集》。北京：中國文聯出版公司。1991.10。

82. 趙景深：《民間文學叢談》。長沙：湖南人民出版社，1982.07。

83. 趙景深：《民間故事研究》。上海：復旦書店，1928。

84. 鍾敬文：《鍾敬文文集·民間文藝學卷》。安徽：教育出版社，2002.12。

85. 鍾敬文：《中國民間文學講演集》。北京：北京師範大學出版社，1999.09。

86. 鍾敬文：《民間文藝學及其歷史——鍾敬文自選集》。濟南：山東教育出版社，1998.10。

87. 鍾敬文：《鍾敬文民俗學論集》。上海：上海文藝出版社，1998.03。

88. 鍾敬文：《民族文化學·梗概與興起》。北京：中華書局出版社，1996.11。

89. 鍾敬文：《中國近代文學大系（1840～1919）——民間文學集》。上海：上海書店，1995.08。

90. 鍾敬文：《鍾敬文學術論著自選集》。北京：首都師範大學，1994.09。

91. 鍾敬文：《新的驛程》。北京：中國民間文藝出版社，1987.10。

92. 鍾敬文：《中國新文藝大系（1976～1982）——民間文學集》。北京：中國文聯出版公司。1987.02。

93. 鍾敬文：《鍾敬文民間文學論集》（二冊）。上海：上海文藝出版社，1982.10。

94. 鍾敬文：《民間文學概論》。上海：上海文藝出版社，1980。

95. 鍾敬文：《民間趣事》（第一集）。北京：北新書局，1926。

96. 謝明勳：《古典小說與民間文學——故事研究論集》。台北：大安出版社，2004.08。

97. 顧希佳：《浙江民間故事史》。杭州：杭州出版社，2008.01。

98. 顧希佳、李慎成主編：《中韓民間故事比較研究》。北京：中國文聯出版社，2007.05。

二、期刊論文

1. 丁乃通：〈中國民間故事的分類〉。《中央日報》，台北，1988.11.17，長河版。

2. 丁乃通：〈民間文學民間辦——一個新生事物在中國〉。《中南民族學院學報》1988年三期。

3. 丁乃通：〈民間故事類型第二次修訂版的介紹及評價〉。《清華學報》新七卷第二期，1969.08。

4. 小島瓔禮著；李連榮、高木立子譯：〈鍾敬文先生的學問——通往世界民俗學的橋樑〉。《民俗研究》2001 年二期。

5. 〔日〕大林太良著；林相泰譯：〈《世界民間故事》和《亞洲民間故事》述評〉。《民間文學論壇》1982 年二期。

6. 〔日〕伊藤清司著；王汝瀾等譯：〈《故事、傳說的源流——東亞的比較故事、傳說學》代序〉。《民間文學論壇》1992 年一期。

7. 〔日〕加藤千代著；劉曄原譯：〈兩種中國民間故事類型索引簡說〉。《民間文學論壇》1991 年五期。

8. 〔日〕斧原孝守著；陳崗龍譯：〈關於東亞民間故事比較研究問題〉。《民族文學研究》1993 年四期。

9. 王國良：〈韓憑夫婦故事的來源與流傳〉。《中外文學》第八卷第十一期，1980.04。

10. 王秀珍：〈民間故事研究的治學門徑——評金榮華著《民間故事類型索引》評介〉。《全國新書資訊月刊》，2008.11。

11. 月朗：〈中國人類學派故事學比較研究發微〉。《民間文學論壇》1986 年四期。

12. 戶曉輝：〈類型：民間故事的存在方式——讀祁連休《中國古代民間故事類型研究》〉。《民俗研究》2007 年三期。

13. 〈民俗週刊〉。台北：東方文化供應社，1970 年。

14. 吳一紅：〈我國民間故事的分類研究〉。《民間文學論壇》1986 年四期。

15. 何彬：〈中國西南地區與日本民間故事傳播途徑淺說〉。《民間文學論壇》1985 年二期。

16. 呂微：〈阿卡琉斯的憤怒與孤獨——祁連休著《中國古代民間故事類型研究》讀後〉。《民俗研究》2007 年三期。

17. 季成：〈任重行難　成績斐然——全國民間文學集成工作已逾十年〉。《民間文學論壇》1997 年一期。

18. 金榮華：〈民間故事研究〉。《白族文化研究》。雲南：雲南人民出版社，2008.12。

19. 金榮華：〈治學因緣——民間文學篇〉。《廣西師範學院學報》第二十四卷四期，2003.10。

20. 金榮華：〈通俗文學和雅正文學的本質和趨勢〉。《中國現代文學理論季刊》第十九期，2000.09。

21. 金榮華：〈踏實的信心〉。《台灣時報副刊》，台北，1979.10.06。

22. 金茂年：〈丁乃通夫人向中國民協捐贈珍貴資料〉。《民間文學論壇》1990 年六期。

23. 金子：〈丁乃通教授第四次訪華〉。《民間文學》1985 年十二期。

24. 施愛東：〈故事學三十年點將錄〉。《民俗研究》2008 年三期。

25. 施愛東：〈丁乃通的《中國民間故事類型索引》〉。《民俗研究》2006 年三期。

26. 施愛東：〈中日韓民間故事類型索引編撰工作預備會在京閉幕〉。《民間文化論壇》2005 年五期。

27. 施愛東：〈鍾敬文民俗學學科構想述評〉。《民間文化論壇》2004 年四期。

28. 〔美〕阿蘭·鄧迪斯：〈相關主題的象徵類同：分析民間故事的一種方法〉。《民間文藝季刊》1989 年二期。

29. 林繼富：〈"中國民間故事類型索引"研究的批評與反思〉。《思想戰線》2003 年三期。

30. 祁連休：〈中國故事的獨特魅力〉。《河南教育學院學報》2008 年六期。

31. 段寶林：〈珍貴的海峽兩岸第一部——《台灣民間文學》述評〉。《民間文化論壇》2005 年六期。

32. 段寶林：〈趙景深先生與民間文學〉。《新文學史料》2002 年一期。

33. 孫正國：〈"多維切分、開放擴展"原則與索引智慧化——編寫《民間故事類型索引》的媒介視角〉。《長江大學學報》第二十八卷第五期，2005.10。

34. 徐傑舜問，萬建中答：〈百年學問：鍾敬文對民俗學和人類學的貢獻〉。《廣西民族學院學報》第二十四卷第一期，2002.01。

35. 高丙中：〈故事類型研究的中國意義〉。《河南教育學院學報》2008 年六期。

36. 馬學良、白庚勝：〈中國民間故事分類研究的回顧與展望〉。《民間文學論壇》1993 年一期。

37. 陳慶浩：〈近十年來的中國大陸民間文學〉。《民間文學國際研討會論文集》。漢學研究中心，1989.09。

38. 陳建憲：〈論中國天鵝仙女故事的類型〉。《民族文學研究》1994 年二期。

39. 陳建憲：〈一座溝通中西文化的橋樑——《中國民間故事類型索引》評介〉。《民間文學論壇》1988 年第五、六合期。

40. 陳勁榛：〈民俗學家金榮華教授〉。《廣西民族學院學報》第二十二卷第五期，2000.09。

41. 陳泳超：〈民間故事的記錄史和生命史〉。《河南教育學院學報》2008 年六期。

42. 陳連山：〈普遍性與特殊性之爭：確定中國民間故事類型的兩種思路〉。《河南教育學院學報》2008 年六期。

43. 張餘:〈勇敢的突破可貴的探索——讀袁學駿《中國民間故事基本類型(提綱)》〉。《民間文化論壇》2005 年一期。

44. 張餘:〈鍾敬文的學術貢獻和治學風格〉。《青海民族研究》第十三卷第二期,2002.04。

45. 張餘:〈論鍾敬文與民間故事比較研究〉。《廣西民族學院學報》第二十四卷第一期,2002.01。

46. 張紫晨:〈憶趙景深先生〉。《新文學史料》2002 年一期。

47. 萬建中:〈鍾敬文民間故事研究論析——以二三十年代系列論文為考察對象〉。《北京師範大學學報》2002 年二期。

48. 〔德〕漢斯—約爾克・烏特爾;張田英譯:〈關於民間故事分類現狀方面的幾點意見〉。《民間文學論壇》1994 年二期。

49. 〔德〕艾伯華;董曉萍譯:〈丁乃通的《中國民間故事類型索引》:以口頭傳統與無宗教的古典文學文獻為主〉。《民族文學研究》2008 年三期。

50. 〔德〕艾伯華:〈近東和中國民間故事研究〉。《中外比較文學譯文集》。北京:中國文聯出版社,1988。

51. 〔德〕艾伯華:〈關於民間文學的一封信——致鍾敬文先生〉。《藝風月刊》第一卷第九期,1933.11。

52. 劉守華:〈跨國選編中韓日故事合集的啟示〉。《民族文學研究》2005 年三期。

53. 劉守華:〈一位美籍華人學者的中國民間文學情結——追憶丁乃通教授〉。《民間文化論壇》2004 年六期。

54. 劉守華:〈關於民間故事類型學的一些思考〉。《民族文學研究》2004 年三期。

55. 劉守華:〈一個多民族傳承的故事類型之比較〉。《中央民族大學學報》2001 年一期。

56. 劉守華:〈民族民間文化建設的壯舉——《中國民間故事集成》的編纂〉。《湖北民族學院學報第》第十六卷第五期,1998.05。

57. 劉守華:〈故事學的春天〉。《民間文學論壇》1986 年五期。

58. 劉守華、陳建憲:〈身居海外戀祖國,留取丹心照汗青——沉痛悼念美籍華裔民間文學家丁乃通先生逝世〉。《民間文藝季刊》1989 年四期。

59. 劉魁立:稻田浩二:〈《民間敘事的生命樹》及有關學術通信〉。《民俗研究》2001 年二期。

60. 劉魁立:〈中國民間故事的類型研究與形態研究〉。《紀念婁子匡先生百歲冥誕之民俗學國際學術研討會論文集》,成功大學中國文學系、台灣文化研究中心,2005.08.20～21。

61. 劉魁立:〈關於中國民間故事研究〉。《北京師範大學學報》1994 年六期。

62. 劉秀美：〈民間文學家——金榮華教授及其學術研究〉。《全國新書資訊月刊》2001.02。

63. 鄭土有：〈中國兩兄弟型（AT 503E）故事型態分析〉。《廣西民族學院學報》2003 年一期。

64. 鄭土有：〈論鍾敬文對中國民間故事類型研究的貢獻〉。《廣西民族學院學報》第二十四卷第一期，2002.01。

65. 趙景深：〈夏芝的民間故事分類法〉。《文學週報》第二三七期，1926。

66. 趙御均：〈〈中國民間故事型式〉與《中國民間故事類型索引》初探〉。《民間文學研究所集刊》第二期，2007.11。

67. 應裕康：〈金榮華——臺灣民間文學的耕耘者〉。《廣西民族學院學報》第二十二卷第五期，2000.09。

68. 鍾敬文：〈序自己集錄的《口承故事集》〉。《民間文藝季刊》1990 年二期。

69. 謝明勳：〈《原化記》「吳堪」故事源流考釋〉。《山鳥下聽事，簷花落酒中：唐代文學論叢》中正大學中文系，1998.06。

70. 謝明勳：〈「如願」故事源流考述〉。《中國書目季刊》第二十三卷第三期，1989.12。

71. 蘇韶芬：〈談談民間故事的分類〉。《社會科學家》1989 年四期。

三、學位論文

1. 蔡麗雲：《中國民間動物故事類型研究》。中國文化大學中國文學研究所碩士論文，1997。

2. 姜佩君：《澎湖民間故事研究》。中國文化大學中國文學研究所博士論文，2001。

3. 唐蕙韻：《中國風水故事研究》。中國文化大學中國文學研究所博士論文，2004。

4. 吳安清：《虎姑婆故事研究》。東吳大學中國文學研究所碩士論文，2004。

貳、外文書目

1. Antti Aarne and Stith Thompson, *The Types of the Folktale*（Helsinki, Academia Scientiarum Fennica, 1981）.

2. Dennys Nicholas B. *The folk-lore of China, and its affinities with that of the Aryan and Semitic races*（New York: B. Blom, 1972）.

3. Hans-Jörg Uther, *The types of international folktales: a classification and bibliography, based on the system of Antti Aarne and Stith Thompson*

（Helsinki, Academia Scientiarum Fennica, 2004）.

4. Hiroko Ikeda, *A Type and Motif Index of Japanese Folk-Literature*（Helsinki, Academia Scientiarum Fennica, 1971）.

5. In-Hak Choi, *A Type Index of Korean Folktales*（Seoul Myong Ji University Publishing, 1979）.

6. Nai-Tung Ting, *A Type Index of Chinese Folktales*（Helsinki, Academia Scientiarum Fennica, 1978）.

7. Thompson Stith, *Motif-Index of Folk-Literature*, Bloomington, Indiana University press, 1978, 6 Volumes.

附　錄

附錄一：印歐民間故事型式表
（*Types of Indo-European Tales*）

一、邱匹德與賽支式（Cupid and Psyche type）

　　1. 一個美女爲一個屬於超自然種族的男子所愛。

　　2. 他在夜間現形像一個人，警告伊不好注視他。

　　3. 伊違背了他的命令，因而失卻了他。

　　4. 伊去找尋他，並克服了許多艱難而完成其工作。

　　5. 伊結果復得到了他。

二、麥羅賽那式（Melusina type）

　　1. 一男人愛上了一超自然種族的婦人。

　　2. 伊應允和他同居，倘他在星期中的某一日不去看她。

　　3. 他違背了伊的命令，因而失卻了伊。

　　4. 他去找尋伊，但不復找得到。

三、天鵝處女式（Swan-maiden type）

　　1. 一男人見一婦人帶了嬌艷的衣服在海邊洗澡。

　　2. 他竊偷了衣服，伊陷入於他的權力中。

　　3. 數年後，伊尋著衣服逃去。

　　4. 他不能再找到伊。

四、皮涅羅皮式（Penelope type）

　　1. 男人出去旅行，妻留在家。

2. 伊守信待他的歸來。

3. 他爲伊而歸來。

五、哲諾未亞式（Genoveva type）

1. 男人出去戰爭，妻留在家。

2. 因傳來一種虛妄的嫌疑反對其妻，他叫伊去死。

3. 伊被放逐，但沒有被殺。

4. 丈夫回來，發現他的錯誤。

5. 他再去尋找伊，因而夫妻重歸舊好。

六、判赤京或生命指南式（Punchkin of Life-Index type）

1. 一巨人以其靈魂藏人於外物，（"生命指南"）娶了一個有愛人的婦人。

2. 愛人搜索而發現了伊，強迫伊殺死伊的丈夫。

3. 伊去尋探"生命指南"在何處，巨人屢次不睬伊，但最後終洩了秘密。

4. 伊毀壞了"生命指南"，因而殺死伊的丈夫。

5. 同伊的愛人私逃。

七、參孫式（Samson type）（與第六對看）

1. 丈夫有巨人之力，寄寓於外物。

2. 妻不誠實對他，問其秘密；他拒絕者久之，然終以告。

3. 伊洩露秘密給他的敵人，他因而被毀滅。

八、赫剌克利斯式（Hercules type）

1. 丈夫有巨人之力。

2. 他眞實的妻的一個前愛人，決意殺了他，勸其妻贈夫一禮物。

3. 伊沒有惡意這樣做了，夫終以此被殺。

九、蛇兒式（Serpent Child type）

1. 一母親無子女。伊說只要有一個，即使是一條蛇一隻獸亦好。

2. 伊果在床上產生了一個小孩，竟如伊所希求的。

3. 伊把小孩嫁給一男子，或娶一婦人，在夜裡能變成人形。

4. 伊脫棄其皮而焚燒之。以後伊的小孩脫離蛇或獸的形態。

一○、惡魔羅伯式（Robert the Devil type）

1. 一母親或父親發願獻小孩給惡魔，倘使他們能得到一個。

2. 小孩誕生了，惡魔便要求之。

3. 小孩逃走，與惡魔決鬥，或施詭計。

4. 結局克服了惡魔而得自由。

一一、金小孩式（Goldchild type）

1. 一母親求得某一種食物；這食物使伊懷孕。

2. 伊丟開了些食物；被一隻牝馬或牝狼吃了一部分，一部分生長起來；牝馬或牝狼亦同時懷孕。

3. 小孩與小馬，或小獸與植物，成為極表同情的孳生。

4. 母親尋殺伊的小孩，但他的孳生兄弟，小馬或小獸救了他。

5. 他們更格外冒險。

一二、利爾利（Lear type）

1. 一父親有三女孩。他試驗伊們的愛，末女不明說許多愛，他就逐去了伊。

2. 父親陷於困難，大的兩女孩都不幫忙他，只從最幼的得到助力。

一三、侏儒式（Hopo's my Thumb type）

1. 父母甚貧。捨棄了他們的孩子。

2. 末子屢次引導其兄弟返家，但末了終歸失敗。

3. 他們陷入於一個超自然存在的法力中，但末子擊了他，他們因得逃脫。

一四、里亞・塞爾米亞式（Rhea Sylvia type）

1. 母親或被殺，或離開小孩們數分鐘。

2. 他們由一隻野獸乳哺。

3. 他們經過了許多艱險。

4. 結果被承認而登王位。

一五、杜松樹式（Juniper Tree type）

1. 一繼母惡其繼子，因殺死他。

2. 怪誕的情境跟了來，小孩的靈魂回生：第一變成樹；第二變成鳥。

3. 繼母受懲罰。

一六、和爾式（Holle type）

1. 繼母使繼女為家中使婢。

2. 繼女以伊的和順招來幸運。

3. 別一女孩，因伊的惡癖而得到不幸。

一七、卡斯京式（Catskin type）

 1. 一父親失掉他的妻，發誓要再娶一個像他前妻一樣的。

 2. 決心要娶他的女兒。

 3. 伊帶了三件美麗的衣服逃走。

 4. 伊在別國與一王子結婚。

一八、金髮式（Goldenlocks type）

 1. 三王子出行獲一新娘，大的兩個失敗了。

 2. 第三的王子終得了新娘。

 3. 兩個大的伏殺而幾死之，掠奪了新娘。

 4. 他回復了，放逐其兄弟們。

一九、白貓式（White Cat type）

 1. 一王命令兒子們作一種工作，應承成功的繼承他的王位。

 2. 大的兩個被魔術所迷惑了；小的破壞了魔術，釋放了他們，完成工作。

二○、辛得勒拉式（Cinderella type）

 1. 三姊妹中最小的被使爲灶婢。

 2. 姊妹們去赴一個跳舞會，最小的以超自然方法得了一件美服，亦往赴跳舞會。

 3. 這事經過了三次，末次最小的脫置了伊的拖鞋。

 4. 王子以其拖鞋而找見伊，並與伊結婚。

二一、美人與獸式（Beauty and Beast type）（與第一對照）

 1. 三姊妹中最小的受輕蔑。

 2. 父出旅行，應承給他們每人一種贈物。最小的只要求一朵花。

 3. 當取花時，父陷於危險，他應許交出他的女兒以贖他的生命。

 4. 因此女兒級富饒，及得了一個漂亮的愛人。

 5. 姊妹們謀害愛人，幾置之死地。

 6. 最小的救了他的生命。

二二、獸姊妹夫式（Beast Brother-in-law type）

 1. 一人有姊妹與獸結婚。

 2. 少年去從事一種工作。

3. 他因獸姊妹夫的幫助而完成之。

二三、七隻天鵝式（Seven Swans type）

1. 一女子有七兄弟都變成了鳥。

2. 伊把沉默的代價以尋求他們的釋放。

3. 伊陷入極危險中，幾失之，但終獲釋放了他們。

4. 伊與王結婚。

二四、孿生兄弟式（Twin Brother type）

1. 兩兄弟甚相愛。他們各出去旅行。

2. 在出發之先，他們互交換了一件表證物，以此，他們可互相知道彼此的康健與榮華。

3. 一個陷入於危險。別個確知之。

4. 救了他。

二五、從巫術中逃出式（Flight from Witchcraft type）

1. 兩兄妹（或兩愛人）在妖術，或繼母，或巨人的法力之下。

2. 兄學習了巫術，或妹得了這種法力。

3. 用口唾或用蘋果種，他們欺騙了他們的看管者而遁逃。

4. 他們被追趕，幾度變了他們的形態（或間阻了障礙物）來閃避追趕。

5. 他們終於殺死了追趕者。

二六、白太式（Bertha type）

1. 一王子遣迎那將和他結婚的王女。伊與伊的侍女同伴出發。

2. 侍女把王女從船中推下，自己假扮做新娘。

3. 王女尋見了國王，詐偽因以洩露。

二七、哲孫式（Jason type）（與第二五對看）

1. 一英雄至異國，愛上了一王女。

2. 王試其諸般技藝，這些技藝他以王女的幫助而成功。

3. 他與伊私奔，被追趕。

4. 他離開了新娘，(A)或他自己沒有錯過（因其母親的接吻使他忘卻了過去），(B)或故意的。

5. 新娘或破壞了魔術，或得復仇。

二八、穀德綸式（Gudrun type）

1. 一新娘被一妖精或一英雄攫去。

2. 找回來了，或以厄運的緣故致毀滅於搶奪者之手。

二九、悍婦馴服式（Taming of the Shrew type）

　　1. 伊是驕傲與悍潑的。

　　2. 他以暴戾馴服了伊。

三〇、脫刺是卑耳德式（Thrush-beard type）

　　1. 一王憤怒他的女兒，因伊的驕傲，把伊嫁給一個乞丐。

　　2. 乞丐使伊為婢，以挫掉伊的志氣。

　　3. 他旋即洩露他自己是一國王，他的求婚從前曾被伊所經蔑的。

三一、睡美人式（Sleeping Beauty type）

　　1. 一王女被警告不好觸著某一種物件。

　　2. 伊竟做了伊所被禁止的，因而熟睡了。

　　3. 許多年後，一王子發覺了伊的酣睡，接吻而叫醒伊。

三二、賭婚式（Bride Wager type）

　　新娘（極小作丈夫）的獲得，從

　　1. 解答一種聯系的謎語。

　　2. 表演出幾種技藝。

　　3. 與一怪物決鬥。

　　4. 使伊發笑。

　　5. 發見一種秘密。

三三、約克與豆莖式（Jack and Beanstalk type）

　　1. 一人攀登一株樹，或一條繩子，或一座玻璃山，達到了一奇怪的地方。

　　2. 他從此處偷了一豎琴，銀子，一金蛋，或一王女。

　　3. 他回到地上。

三四、旅行地獄式（Joumey To Hell type）

　　1. 一人沿著地道下至一個神秘的地方。

　　2. 他屢經艱險而逃脫。

　　3. 他從地下救出一王女。

三五、殺巨人者約翰式（Jack the Giant-killer type）（與第四三對照）

　　1. 一人與巨人或魔鬼競鬥。

　　2. 他用他優越的狡計欺騙它們。

　　3. 他使它們自殺。

三六、波力飛鳥斯式（Polyphemus type）

　　1. 一人爲一巨人拘禁獄中。

　　2. 他弄盲了巨人。

　　3. 他藏匿在一架撞**牆**東之下而逃走。

　　4. 巨人極力去騙他回來，但被敗於智巧。

三七、鬥法式（Magical Conflict type）

　　1. 兩人同有超自然的法力互相競鬥。

　　2. 他們經過許多變形。

　　3. 善良的克服了那惡劣的。

三八、巧智退魔式（Devil Outwitted type）

　　1. 一人與惡魔訂一種契約。

　　2. 人以巧智退惡魔。

三九、大膽約翰式（Fearless John type）

　　1. 一少年不知恐懼。他被帶與(1)人，(2)死屍，(3)精靈接觸。

　　2. 他與精靈在一間鬼屋中歷過三次險，並強奪了他們的黃金。

　　3. 他在睡中被一桶金魚傾覆在身上，他才懂得什麼是恐懼。

四○、預言實現式（Prophecy Fulfilled type）

　　1. 由一超自然者造成一種預言，說某一小孩不殺死一王，即要與他的女兒結婚。

　　2. 王圖殺小孩。

　　3. 王用了些手段，想過其圖殺之目的，卻反促成預言的實現。

四一、法術書式（Magical Book type）

　　1. 一人由某種方法，得了支配魔鬼的法力。

　　2. 他不能制馭其手段，它們毀滅了他。

四二、盜魁式（Master Thief type）

　　1. 一少年前去學習盜劫。

　　2. 他盜竊了農夫以建立他的信用，表明是一個賊。

　　3. 他以智巧敗了群盜，被接納爲盜魁。

　　4. 他回到家，要求鄉紳的女兒爲妻。

　　5. 他完成所從事的工作。

四三、勇敢的裁縫匠式（Valiant Tailor type）

　　1. 一裁縫匠喘一口氣殺死了七隻蒼蠅，相信他自己是一個英雄。

　　2. 他以智巧敗(1)巨人，(2)人們。

　　3. 他與一王女結婚。

四四、威廉退爾式（William Tell type）

　　1. 一暴君命一射手射置在他自己兒子頭上的蘋果或堅果。他獲了成功。

　　2. 暴君被問在射夫腰帶裡預備著之箭的用途，並受其恐嚇。

　　3. 許多年後，射手殺死了暴君。

四五、忠實約翰式（Faithful John type）

　　1. 一王子有一忠實的僕人，他曾從危險中救了他。

　　2. 王子因誤會懲罰僕人，他變成了石。

　　3. 以王子和新娘的淚，從魔術中救出了僕人。

四六、莖勒特式（Gelert type）

　　1. 一人有一忠誠的獵犬，它曾從危險中救了他的小孩。

　　2. 人因誤會殺了犬。

　　3. 當他發覺錯誤時已太遲了。

四七、報恩獸式（Grateful Beast's type）

　　1. 一人救了數只獸，及從陷阱中救了一人。

　　2. 獸們使它們的恩人致富，但人卻想破壞之。

四八、獸、鳥、魚式（Beast, Bird, Fish type）

　　1. 一人施恩於地上的一隻獸，空中的一隻鳥，和水中的一條魚。

　　2. 他陷入於危險，或從事工作。

　　3. 他以報恩動物的幫助，得逃脫或成功。

四九、人得到超獸類的權力（Man Obains Power Over Beasts type）

　　1. 以他的狡智。

　　2. 以他的音樂的法力。

五〇、亞拉丁式（Aladdin type）

　　1. 一人有一超自然性能的寶貝，或一家庭由仙人所給予的一種禮物，它會招徠幸運的。

　　2. 以愚蠢失卻之。

　　3. 終於尋了回來。

五一、金鵝式（Golden Goose type）

    1. 一人有一與前相似（五〇）的寶貝。

    2. 因愚蠢失之。

    3. 永遠找不回來。

五二、禁室式（Forbidden Chamber type）

    1. 一女（或男）與一高位者結婚。

    2. 伊（或他）被允許自由出入於新屋中的每間屋，但除開了一間。

    3. 禁室被探訪，發現了充滿恐怖。

    4. 匹偶者知之，因試其懲罰而被殺。

五三、賊新郎式（Robert-Bridegroom type）

    1. 一女子訂婚於一個變裝的盜賊。

    2. 伊探訪他的城堡，發覺了他的職業。

    3. 伊以幾種表證在伊的親戚們面前定他的罪，他因被殺。

五四、骸骨呻吟式（Singing Bone type）

    1. 兄弟（或姊妹）以羨望或嫉妒殺了別人。

    2. 經許多日後，死屍的一片骨給風所吹，宣告了暗殺者。

五五、白雪姑娘式（Snow White type）

    1. 繼母憎惡伊的繼女，謀殺之。

    2. 繼女最後束手待斃。

    3. 但爲英雄保全其生命，繼母受懲罰。

五六、拇指湯式（Tom Thumb type）

    1. 一母親想得一子，甚至其子如拇指亦得。

    2. 果然生了那樣的兒子，他以他的狡智及小身軀建設了許多功業。

五七、安德洛麥過式（Andromeda type）

    1. 一條龍擾亂了一個地方，並要求獻一個女子給它。

    2. 王女做了這種獻品。

    3. 龍爲英雄所殺，英雄與王女結婚。

五八、蛙王子式（Frog-Prince type）

    1. 一王子變成可壓的獸形。

    2. 他給一點好處給一個女子，他要求伊留他一夜。

    3. 伊實行了。他因此解了咒，他們遂得結婚。

五九、剌謨皮斯地理忒士京式（Rumpelstiskin type）

　　1. 女子人家給伊許多難事做。

　　2. 得一個侏儒幫了伊，但要猜著他的名。

　　3. 他偶然把其名洩漏於別人，給伊聽到了，於是脫離了他的要脅。

六〇、動物語言式（Language of Animals type）

　　1. 一兒子從一方術師學動物語言。

　　2. 為他的父親所驅逐，因他說要超越過他。

　　3. 得動物語言之智識而成業。

　　4. 卒勝過父親（教王，皇帝）而復歸於好。

六一、靴中小貓式（Puss in Boots type）

　　1. 末子只得遺下來的一隻小貓。

　　2. 小貓慫惠王去相信它的主人有巨大的產業。

　　3. 小貓的主人與王女結婚。

六二、狄克喜亭吞式（Dick Whittington type）

　　1. 一貧乏的少年得了一隻貓。

　　2. 他把貓當賣品送到海外。

　　3. 貓在一個被耗子所騷擾的國土中賣得了高價，少年因以致富。

六三、正直與不正直式（True and Untrue type）

　　1. 兩同伴齊出旅行，一個溫和，一個粗暴。

　　2. 粗暴的先得了利益，別個以竊聽惡魔（或其他）的話而得幸運。

　　3. 粗暴的亦試學之，但為惡魔所破滅。

六四、死人報恩式（Thankful Dead type）

　　1. 英雄還債給一未埋葬的人，他因此得埋葬。

　　2. 亡魂幫助他成就其工作。

六五、笛手皮得式（Pied Piper type）

　　1. 一個有法術的音樂家解救了一個城的獸害。

　　2. 他被拒絕了所應得的酬報，乃以拐騙全城的兒童為報復。

六六、驢、台及棍棒式（Ass, Table, and Cudrel type）

　　1. 一少年以其服務得酬報，接受了一隻能產金子的驢，移時又接受了能聽命令而擺滿了食物的台。

　　2. 兩物為一鄙劣的小店主竊去。

3. 他接受了第三種禮物，那是一把能聽命令的棍棒，以此棍棒，使小店主歸還了他別的兩種禮物。

六七、三蠢人式（Three Noodles type）（重疊趣話）

1. 一紳士與一做了些愚蠢之事的女子訂婚。

2. 迨他發覺伊那麼愚蠢，發願不結婚。

3. 他發現了三個蠢人，便回去和伊結婚。

六八、替泰鼠式（Titty Mouse type）（重疊趣話）

1. 同伴的動物；一個死了，一個悲傷。

2. 別的都同情地悲傷，直至全世界陷於苦楚。

六九、老婦與小豚式（Old Woman and Pig type）（重疊趣話）

1. 老婦不能趕小豚過欄；伊去求助於犬，杖，火，水，牛，屠夫，索，鼠，貓。

2. 貓依了要求去做，使別的也牽連著幹下去，直至小豚越過了欄。

七○、亨利墳尼式（Henny-Penny type）（重疊趣話）

1. 雌雞以為天將墜下來，去告訴王，遇了雄雞，鵝，火雞。

2. 最末，它們遇著狐狸，它把它們帶到自己的洞穴而盡吃之。

附錄二：阿爾奈與湯普遜引用中國民間故事型號表

1. 艾伯華（Wolfram Eberhard）《中國民間故事類型》（Typen chinesischer Volksmärchen）（FFC CXX），1937 年。

2. 曹松葉和艾伯華（Eberhard）《華東華南民間傳說故事》（Volksmärchen aus Südostchina）（FFC CXX VIII），1941 年。

3. 葛維漢（Dr. David Grockett Graham）《川苗的歌謠和故事》（Song and Stories of the Ch'uan Miao），1954 年。

4. 愛德華・沙畹（Edouard Chavannes）《中國故事及佛經寓言五百則》（Cinq cent contes et apoloques extraits du Tripitaka chinois.）4. vols. Paris, 1910～1934 年。

AT 型號	艾伯華(1)	艾伯華(2)	葛維漢	愛德華・沙畹	AT 頁碼
8A			✓		24
37	✓				28
112	✓	✓			45
123	✓	✓			50
125	✓	✓			51
130	✓	✓			52
155	✓				56
156	✓				57
157	✓				57
210	✓	✓			69
301			✓		92
301B	✓	✓			93
313	✓		✓		106
400	✓	✓			131
407			✓		135
433A	✓	✓			148
460A	✓	✓			156

461			✓		158
465		✓			159
470	✓	✓			162
510			✓		177
510A	✓	✓			177
560	✓				203
565	✓	✓			207
566	✓				208
613	✓	✓	✓		223
650A	✓				226
650B	✓	✓			227
653			✓		229
672D		✓			236
676	✓				238
750A	✓				255
751A	✓	✓			257
757				✓	262
763	✓				264
834	✓	✓			287
841	✓		✓		283
875		✓	✓		295
915	✓				315
824	✓				323
930A	✓	✓			327
970	✓				342
980A	✓	✓			344
981	✓	✓			345
1138		✓			362
1149	✓	✓	✓		364

1248	✓	✓			380
1250				✓	381
1281	✓				384
1319	✓	✓	✓		392
1336A	✓				397
1341B	✓				398
1351	✓	✓			401
1418				✓	418
1426		✓			421
1430	✓	✓			422
1501				✓	429
1525	✓	✓			431
1525H	✓				434
1536B	✓	✓			442
1539	✓	✓			443
1565	✓				452
1641	✓	✓			466
1642	✓	✓			468
1655	✓	✓			473
1689B	✓				479
1691	✓				479
1694	✓	✓			480
1696	✓	✓			481
1775			✓		492
1920B	✓	✓			515
2300	✓	✓			537

附錄三

（一）鍾敬文與艾伯華故事類型對照表

鍾敬文〔註1〕	艾伯華
1.蜈蚣報恩型 （1）一書生，養一蜈蚣。 （2）他上京考試，帶與俱往。 （3）路遇人面蛇呼名，他知必死，因縱蜈蚣使逃生（或無此情節）。 （4）夜中，蜈蚣與蛇鬥，卒同斃。主人得救。	18.蛇報恩 （1）一位書生養了一條蛇 （2）他進京趕考隨身帶著它，可是在半路上把它放了。 （3）他來到一個有妖精的去處 （4）夜裡蛇跟妖精搏鬥，兩者都死了，書生得救。
2.水鬼與漁夫型 （1）一漁夫得水鬼之助，生活順利。 （2）一日，水鬼向他告別，謂將得替轉生為人。 （3）漁翁破壞了他計劃（或水鬼自己未實行自己的計劃），他仍留不得去。 （4）不久，水鬼得升土地或城隍，復向漁翁辭行。 （5）他們以後，或一度再見，或永不再見。	132.漁夫和淹死鬼 （1）一個漁夫和淹死鬼結下了友誼。 （2）鬼尋找一個替身，漁夫阻止他，鬼放棄了他的意圖。 （3）鬼做了城隍。 （4）漁夫去看望他並向他討教。
3.雲中落繡鞋型 （1）樵夫在山中砍柴，以斧頭傷了挾走公主或皇姑的妖怪。 （2）樵夫與他的弟到山中尋覓公主或皇姑，弟弟把她帶歸，而遺棄哥哥於妖洞之中。 （3）他以異類的助力，得脫離妖洞。 （4）經過許多困難，他卒與公主或皇姑結婚。	122.雲中落綉鞋 （1）砍柴人在林中用斧子砍傷了一個妖怪，這個妖怪掠走了公主。 （2）他跟他的兄弟一起去尋找公主；公主得救，他兄弟把他扔進妖洞裡。 （3）砍柴人依靠其他動物的幫助走出洞穴。 （4）經過多次努力，他娶了公主為妻。
4.求如願型 （1）一人救了龍王的太子或女兒。 （2）龍王欲報德，使手下邀之進水府。 （3）他以手下（或王子、王女）的密囑，向龍王指索某物。 （4）他終獲得美妻，或巨大的財富。	39.海龍王滿足願望 （1）某人救了海龍王的兒子或女兒。 （2）海龍王要報答他，請他來到水晶宮。 （3）他聽從海龍王一個僕人或孩子的建議，向海龍王索要贈物。 （4）於是他得到一個漂亮妻子（海龍王的女兒）或者得到許多財物。
5.偷聽話型 （1）兩弟兄（或兩朋友），兄以歹心逐出其弟。 （2）弟在廟裡或樹上，偷聽得禽獸的話。 （3）他照話去做去，得了許多酬報。 （4）兄羨而模仿之，卒為禽獸所吃，或受了一場大苦。	28.動物對話 （1）在兩個兄弟或朋友之間，大的驅逐小的。 （2）小的在廟裡或樹上聽到動物的談話。 （3）他照著動物說的話做，獲益匪淺。 （4）大的效法小的，結果被動物吃掉或遭遇不幸。

〔註1〕 鍾敬文的故事型式依其本文排序編號，艾伯華類型編號前標有「S」者表示是滑稽故事。

6.貓狗報恩型 (1) 一人養了一隻貓和一匹狗。 (2) 他以某種緣故，得一寶物，已而爲人竊去。 (3) 貓狗或自動，或因被罵，去爲主人偷回失物。	13.樂於助人的動物：貓和狗 (1) 某人餵養了貓和狗。 (2) 他的一件寶物被盜。 (3) 貓和狗在迫使老鼠不情願地把寶物送了回來。 (4) 由於待遇不公，貓狗結仇。
7.蛇郎型 (1) 一父親，有幾個女兒。 (2) 一天，他出門去，爲蛇精所困，許以一女嫁之。 (3) 父遍問諸女，惟幼女肯答應嫁蛇。 (4) 幼女嫁蛇得幸福，姐姐殺之，而代以己身。 (5) 妹妹魂化爲鳥，以詈咒其姐，復被殺。 (6) 她變形爲樹或竹，姐姐又恨而伐之。 (7) 姐姐遭妹妹之變形物的報復，受傷或致死。	31.蛇郎 (1) 從前有個父親，有好幾個女兒。 (2) 他受到一條蛇精的糾纏，沒有辦法只好答應把一個女兒許配給他。 (3) 只有最小的女兒願意跟蛇精結婚。 (4) 她生活得非常幸福並且也很富裕。 (5) 她的一個姐姐非常妒忌，便把成爲蛇郎妻子的妹妹扔到一口井裡，自己取而代之。 (6) 死者變成了一隻鳥，在假妻梳頭時辱罵她，鳥被殺死，作成食物。丈夫吃鳥肉，鮮香可口，假妻吃鳥肉，不是滋味。 (7) 死者變成了一棵樹或一根竹子，假妻覺得它很討厭，而丈夫覺得它很可愛。假妻把它砍掉。 (8) 死者後來的一連串化身把假妻給折磨死了。
8.彭祖型 　　第一式 (1) 彭祖高年不死，其妻之魂，告發於閻王。 (2) 閻王命各種鬼往拘捕之，皆上當而歸。 (3) 閻王忿而自往，結局仍是吃虧。	156.彭祖不死 (1) 彭祖已年邁。他的一個妻子的鬼魂告知閻王。 (2) 閻王派去各種各樣的差役，一無所獲。 (3) 他親自去捉彭祖，同樣也是徒勞。
8.彭祖型 　　第二式 (1) 閻王命小鬼往捉彭祖。 (2) 他們假裝作洗炭人以賺之。 (3) 彭祖卒被捉歸案。	155.彭祖之死 (1) 閻王通過彭祖死去的無數妻子得知他的高齡，因此派鬼去捉彭祖。 (2) 他們裝作想把黑炭洗白。 (3) 通過這個計策認出了彭祖並捉住了他。
9.十個怪孩子型 (1) 有夫婦年老無子，後來一次產了十個。 (2) 這十個孩子，或有奇怪的形相，或有殊異的能力。 (3) 小孩子的大哥犯罪，弟弟們依次頂替之，得不死。 (4) 後以分肉不均，眾兄弟具淹死於幼弟的眼淚中。	208.十個兄弟 (1) 有一對夫婦成婚多年以后才突然生了十個孩子。 (2) 這十個孩子全都有一些奇異的特點。 (3) 當老犯弓罪以後，其他依次來代替他，結果都沒死，各種懲罰都損害不了他們。 (4) 後來有一次，因爲肉或者其他的什麼東西分配不公，所有的十個孩子全都淹死在最小的那個孩子的眼淚裡了（"洪水"）。
10.燕子報恩 (1) 一人施恩於受傷的小鳥。 (2) 小鳥報以他物，因得巨資。 (3) 另一人模仿所爲。	24.燕子報恩 (1) 有人給一隻受傷的燕子或別的鳥類治病。 (2) 燕子給了他一粒神奇的種子表示感謝，他因此變富。

(4) 結果失敗。	(3) 另外一個人效仿他，故意把燕子弄傷。 (4) 他受到懲罰。
11.熊妻型 (1) 一人被風暴吹至遠島。 (2) 島中的母熊，把他擄作丈夫。 (3) 若干年後，其人乘機逃去，熊投海死。	121.母熊殉情 (1) 男人被放逐到一個島上。 (2) 被一只母熊抓走。 (3) 他們結婚並有了孩子。 (4) 男人被救走了。 (5) 母熊殺死了自己和孩子。
12.享夫福女兒型 (1) 富翁有三女兒，他素愛第一、第二兩個。 (2) 一天，他問她們要享誰的福；幼女所言，獨拂父意。 (3) 父以幼女嫁一窮漢。 (4) 因某種機緣，窮漢家忽發橫財，幼女的話終以實現。	193.千金小姐嫁乞丐 (1) 一個富人有幾個女兒。 (2) 他把最小的女兒趕出了家門，因為她說，幸福不光靠父母，而且也靠自己。 (3) 他把她嫁給了一個窮人。 (4) 這個窮人變富了。姑娘的話應驗了。
13.龍蛋型 (1) 一孝子，在山中拾得一蛋，攜歸之。 (2) 放蛋於米中，米出不竭。 (3) 母親賣穀或施米於人，蛋隨以去。 (4) 兒子覺而追之，拾蛋納諸口中，囫圇吞下去。 (5) 兒子從此化為龍。	61.龍蛋 (1) 有個年輕人發現了一個蛋。 (2) 凡是跟這個蛋接觸過的東西都是用不完的。 (3) 鄰居們都要這個蛋。 (4) 這個男子怕蛋被鄰居拿走，便把它塞到嘴裡咽了下去。 (5) 他變成了一條蛇。
14.皮匠駙馬型 (1) 一公主或貴家女兒，懸奇字以選婿。 (2) 皮匠因誤會得選。 (3) 種種的試驗，皮匠皆以誤會獲勝利。 (4) 他終享有其幸運。	194.鞋匠成了駙馬 (1) 公主要選一位有學問的人。 (2) 由于誤會鞋匠被選中了。 (3) 通過誤解鞋匠解決了各種難題。 (4) 他終於得到了幸福。
15.賣魚人遇仙型 (1) 一賣魚人，以某種機緣，聽得神仙經過的消息。 (2) 他當路等候之。 (3) 他以珠放水中洗腐臭的魚，悉鮮活，因獲大利。 (4) 同業妒之，欲奪其珠，他急吞珠入腹，遂成名畫家（此節異態甚多）。	107.漁人遇仙 (1) 賣魚人聽說，一個或幾個仙人要從某個地方經過。 (2) 他等著他們。 (3) 他得到一個垃圾做的藥丸，他要把它吃了；但是他吃不下去，把它放進了魚桶里；死魚又活了。他得到很多錢。 (4) 他的同行對他嫉妒起來，想把他的藥丸偷走。由於害怕。他把藥丸吞了下去。
16.狗耕田型 (1) 兩兄弟分家，弟得一狗（或初只得一小動物，後來才輾轉換得狗）。 (2) 弟以狗耕田，得到意外的錢財。 (3) 兄羨而借用之。失敗，因斃其狗。 (4) 狗的墳生長了樹或竹，弟又因以獲利。 (5) 兄效法或借用其物，結局仍失敗。	30.狗耕田 (1) 兩兄弟分家，弟弟只分得一條狗。 (2) 他用狗耕田，因此富了起來。 (3) 哥哥借狗耕田，結果失敗，將狗打死。 (4) 狗墳上長出一棵樹或者一棵竹子，弟弟因此又富起來。 (5) 哥哥再一次仿效他，又遭失敗。

17.牛郎型	34.天鵝處女
(1) 兩兄弟分家，弟得一頭牛。 (2) 弟以牛的告訴，得一在河中洗澡的仙女爲妻。 (3) 數年後，仙女得前被匿衣，逃去（或云往王母處拜壽被斥）。 (4) 牛郎追之，被王母用王河阻絕。	(1) 窮青年在河邊見到幾個仙女。 (2) 他把其中一個仙女的衣服拿走，她就成了他的妻子。 (3) 若干年後，她找到了她的衣服，逃回天界。 (4) 丈夫去追她。 (5) 天神下令將他倆永遠分開，每年只能會一次面。
18.老虎精型	14.肯幫忙的動物（母雞和公雞）
(1) 老婆子（或女子）以將被吃於某獸或妖怪而哭。 (2) 種種過路的人或物精，許貢獻其所有物或自身以助之。 (3) 某獸或妖精來，遇埋伏，卒斃命或受傷。	(1) 有位老太太或者一個女孩被一隻動物或者被一個妖怪咬了，因此哭了起來。 (2) 不管是過往的動物還是人，都願意幫忙，給她一種保護自己的東西，或者幫她隱藏起來。 (3) 那只動物或是那個妖怪來的時候，它們躲在旁邊，把那隻動物或是那個妖怪打傷，或打死。
19.螺女型	35.田螺娘
(1) 一人在水濱得一螺（或其他小動物）。 (2) 其人不在家，螺幻形爲少女，代操種種工作。他歸而異之。 (3) 某天，其人窺見螺女正在室中工作，乘其不備，摟抱之，因成夫婦。 (4) 若干時候，螺女得其前被藏匿的螺殼，遂離去。	(1) 有個人見到一隻田螺，他把她帶回了家。 (2) 田螺趁他不在家的時候變成了個少女，她又做飯，又打掃屋子。 (3) 幾天後他窺見這姑娘，上前擁抱她，娶她爲妻。 (4) 過了若干時間，妻子拿到被丈夫藏起來的田螺殼，便離家而去。
20.老虎母親（或外婆）型	11.老虎外婆（老虎和孩子們）
(1) 一婦人，有兩兒女（或一女一兒）。 (2) 一天，母親外出，有老虎（狼或野人，或其他猛）幻形爲他們的母親（或外婆、叔婆）來到家裡。 (3) 夜裡老虎吃小妹，聲爲其姐姐所聞，懼而逸去。 (4) 老虎尋覓（或追趕）其姐姐，但卒失敗（有的已盡於此，有的則下接賣貨郎得七個女兒的情節）。	(1) 一個多子女的母親離家看望親戚。 (2) 她關照孩子們，不要讓不認識的人進家門。 (3) 半路她遇見了一個向她詳細詢問的女人。 (4) 這是個動物妖精，它狼吞虎咽地把她吃了。 (5) 這只動物得到了孩子們的允許，進了家門。 (6) 爲了不露尾巴，它坐在一只桶上；孩子們感到驚奇。 (7) 晚上它讓最小的一個孩子睡在它的身邊。 (8) 它把小孩子吃了。 (9) 姐姐聽見聲音，問媽媽在吃什麼。 (10) 她看見一個小孩的手指頭，發覺來者不是媽媽。 (11) 她和其他孩子們假裝要解手，逃出來爬到樹上。 (12) 那隻動物也跑了出來。 (13) 孩子們喊救命。

	(14) 動物聽從孩子們建議往身上抹油，這樣就 上不了樹。 (15) 孩子們把那隻動物吊在樹的半腰上。
21.羅隱型 (1) 羅隱生而具天子骨。 (2) 因母親（或祖母）說錯了話，被換成"賤 骨"。 (3) 羅隱做不成天子，但說話卻很靈驗（或有 其他超人的本領）。	161.羅隱 (1) 羅隱命中注定要當皇帝。 (2) 因此廟裡的神像在他面前總要起身致敬。 (3) 他母親發現，暗示要敲詐鄰居們，假如他 們不順從她，她兒子以後要做了皇帝要報 復。 (4) 神仙把羅隱的天賦才能同一個乞丐的天賦 進行調換，但是牙齒沒換成。羅隱有一張 "金口玉牙"，就是說，他說的話都能實 現。 (5) 羅隱變各種各樣的法術。 (6) 羅隱在洞穴裡說它要塌，說完這個洞穴就 塌了，羅隱死了。
22.求活佛型 (1) 一人，要解決某種困難問題，去西天求活 佛。 (2) 道上遇見一些人與動物；他們各以自己不 能明白的問題，請他代求活佛解答。 (3) 他到西天（或半路上），見了活佛，他們所 托問的事情，各得到了圓滿解答。 (4) 他自己的問題，也因了他們問題的解決而 解決。	125.問佛 (1) 有人想解決一個棘手問題，到西天去問活 佛。 (2) 路上他遇見了人和動物，他們托他問自己 的問題。 (3) 他遇見了活佛，活佛解決了其他人的問 題。 (4) 他自己的問題也迎刃而解。
23.蛤蟆兒子型 　　第一式 (1) 有夫婦，老大無子，禱於神，但願得一個， 像蛤蟆那樣亦好。 (2) 未幾，得子，果如所禱求的。 (3) 兒子長大，欲得一美女爲妻。女家故出難 題。 (4) 兒子完成其所要求之物事，得娶女。 (5) 結婚之後，兒子脫棄其皮，變成美少年。 (6) 妻以姑或母的話藏其皮，兒子遂不復化蛤 蟆（異態：或皮被毀，形骸立消，或日 後得皮遁去）	43.蛤蟆兒子 (1) 一對夫婦想要一個兒子，即使她小得個蛤 蟆也好。 (2) 他們得到了一個這樣的兒子。 (3) 兒子打算長大後娶個漂亮的姑娘，姑娘的 父母提出苛刻的條件。 (4) 蛤蟆滿足了他們的條件，同姑娘結了婚。 (5) 妻子聽從母親或姑媽的建議把蛤蟆的皮藏 了起來，這樣他們就不能再變成蛤蟆了。 (6) 蛤蟆兒子仍然是人。或者從此消逝。
23.蛤蟆兒子型 　　第二式 (1) 有夫婦，老大無子，禱於神，但願得一個， 像蛤蟆那樣亦好。 (2) 未幾，得子，果如所禱求的。 (3) 兒子長大，會國有兵事，他自請獻獻身手。 (4) 破敵後，如約得到公主。婚夕，脫皮變成 美少年，與公主成婚。	42.青蛙皇帝 (1) 一對夫婦想要一個兒子，即使她小得個蛤 蟆也好。 (2) 他們得到了一個這樣的兒子。 (3) 這隻青蛙長大，要求上戰場。 (4) 他打敗了敵人，根據建議他得到了皇帝的 女兒。 (5) 新婚之夜，他脫下身上的皮，變成人。

(5) 國王聞其皮可以自由穿脫，因竊取穿之，卒變蛤蟆。 (6) 兒子得登王位。	(6) 皇帝聽說皮可以更換，便穿上了它，變成了青蛙。 (7) 那隻青蛙變成人，做了皇帝。
24.怕漏型 (1) 一人以"屋漏可怕"為言。 (2) 老虎聞之，以為世界更有比己兇猛的動物。 (3) 竊賊來，虎因誤會而不敢動。 (4) 賊以為豬或牛，攜携之以歸。 (5) 虎或逃脫，或被殺。	10.怕漏 (1) 有人說，他怕屋漏。 (2) 老虎聽見了他的話，認為還有比它更凶惡厲害的動物。 (3) 小偷來偷牛，他把老虎當成牛；老虎把小偷當成力士，它不敢動。 (4) 老虎被帶走。 (5) 老虎逃跑，或者被殺死。
25.人為財死型 (1) 一人給鳥以助力。 (2) 鳥帶他往太陽之國，獲得許多金寶。 (3) 另一人學其事。 (4) 因貪心，與鳥俱死（或云鳥逃去）。	26.太陽國 (1) 某人救了鳥的命。 (2) 為了表示謝意，它把他背到東方出太陽的地方，他在那兒積攢了許多貴重物品。 (3) 別人仿效他，先把一隻鳥弄傷。 (4) 由於貪心，在太陽國裡待的時間過長，他被燒死。
26.慳吝的父親型 (1) 慳吝的父親，臨死時，問巷他三個兒子以埋葬的儀式。 (2) 大、二兩兒子的對答，皆使老人不悅。 (3) 第三的所說，獨中其意，他遂瞑目而逝。	S.25.吝嗇鬼 (1) 吝嗇鬼快的時候問他的三個兒子，葬禮將如何進行。 (2) 他對老大和老二的回答不滿意。 (3) 還想從葬禮中獲利的老三的回答使他滿意了。
27.猴娃娘型 (1) 一老婆子的女兒，為猴娶去做妻子。 (2) 老婆子以喜鵲的指引（或沒有此情節），得入猴洞。 (3) 母女設法逃回。 (4) 猴思戀其妻，頻到村中啼哭。 (5) 她們以某種方法中傷之，猴不復來。	119.猴兒娘 (1) 女兒被一隻猴精搶走，給它做了妻子。 (2) 母親（大多通過喜鵲）打聽到了猴精的家。 (3) 與女兒一起逃走。 (4) 猴精思念妻子，哭泣，總是到村裡來。 (5) 他們使它受了傷，結果它不再來了。 (6) 從此以後猴子的屁股是紅的。
28.大話型 (1) 一人向岳父或債主誇說某物的神奇，得售巨金。 (2) 岳父或債主，試其物，不驗，往責之。又為所惑，另購別物以歸。 (3) 試之，仍失敗，憤而使人挾彼投之河。 (4) 他以詭計逃脫。 (5) 岳父或債主，終死於他的計策中（或無此情節）。	191.謊話連篇 (1) 一個人在岳父或者主人面前謊話連篇，說他有這樣或那樣的絕招，可以掙很多錢。 (2) 岳父讓他把絕招拿出來看看並了下來，但是絕招在岳父那裡沒有成功。 (3) 他又說謊話，聽者又被騙了。 (4) 他讓人捆住，以便扔到河裡去。 (5) 他又說謊逃脫了。 (6) 被騙的人最後因此而死。
29.虎與鹿型 (1) 虎不識鹿，見而異之。 (2) 鹿知其傻，嚇以大話，虎駭去。 (3) 虎見猴，告以所遇，猴與俱往。	3.老虎和鹿 (1) 老虎不了解鹿，一見到鹿就害怕。 (2) 鹿知道老虎怕它，便嚇唬老虎，給自己壯膽。

（4）鹿又以大話嚇虎。虎狂走，猴吃大虧。	（3）老虎遇到猴子，向它訴說了自己的遭遇。猴子陪它一塊兒去，想向它解釋真相。 （4）鹿又自我吹噓一番，老虎嚇跑了，猴子上了鹿的當。
31.傻妻型 （1）一人對他的妻，稱說朋友的老婆能幹。 （2）他的妻仿之，鬧了大笑話。	S.7.傻媳婦 II （1）甲婦拜訪乙婦，對乙的聰明很讚賞。 （2）甲也試圖照樣做。 （3）乙拜訪甲，甲仿傚而出錯。
32.三句遺囑型 （1）一富翁臨死時，給兒子三句遺囑。 （2）兒子誤會其意，事事失敗。 （3）最後，長官為解明遺囑的本意。	200.三句遺囑 （1）一個男人留下了三句遺囑。 （2）他的兒子理解錯了，陷入了債務與不幸。 （3）縣官對他做了說明。
33.百鳥衣型 （1）一人，得一美女為妻。 （2）他戀家廢工，妻令帶己（她）像往工作。 （3）像為風吹去，貴人得之，大索圖中人。 （4）妻別時，囑他日後以百鳥衣往叫賣。 （5）貴人墮其計中。夫妻再合，並得富貴。	195.百鳥衣 （1）丈夫有一位漂亮的妻子，以至於他從不與她分離。 （2）但是由於經濟方面的原因他不得不去掙錢。 （3）妻子給他帶上一張自己的畫，以便他隨時看。 （4）畫被風吹到了皇宮裡。 （5）國王請人把她找來做了皇后。 （6）丈夫用羽毛做了一件衣服，一天他應約來到皇宮，還帶來了蔬菜。 （7）當妻子看見他的時候，她第一次笑了。 （8）正為她從不笑而苦惱的皇帝很高興，並用皇帝的衣服跟他的鳥衣交換。 （9）丈夫請人殺死了穿著鳥衣的皇帝，自己當了皇帝。
34.吹簫型 　第一式 （1）一人，平日只愛吹簫（或笛），別無所事。 （2）以簫聲感動了龍王，得邀寵幸。 （3）出水府時，龍王送他一寶物。 （4）他以寶物致富。 （5）鄰居或兄嫂借用之，以不解用法失敗。	40.龍宮吹笛 （1）有個人成天吹笛子。 （2）他以這種方式打動了海龍王，便把他請了去。 （3）回家時海龍王送給他一些貴重物品。 （4）因此他富了起來。 （5）鄰居或親戚都想利用這些貴重物品，但誰都沒有用上。
34.吹簫型 　第二式 （1）一禿子（癩痢頭），平日愛吹簫。 （2）某闊人的小姐聞而害相思病。 （3）她看見他的相貌便死了思戀之心。但禿子又因之相思了。 （4）他死後，化為一顆怪石或怪玉。 （5）後來，這石或玉，獲見小姐，即消滅。	157.不見黃河心不死 （1）一個窮人總是吹笛或者唱歌。 （2）有錢的姑娘聽見了，並且愛上了他。 （3）他也愛她。 （4）他因愛而死，死後他的心變成了一塊石頭或者玉，在歌唱。 （5）當石頭看見姑娘時便死了。

35.蛇吞象型 (1) 一人養一小蛇。 (2) 後蛇大變成龍（或無此情節）。 (3) 他以欲醫母（或貴人）病，往求於龍（割其肝，或剜其眼珠）。 (4) 他貪心不已，卒被龍吃掉。	19.蛇吞象 (1) 有個孩子養了一條蛇。 (2) 他的母親爲了治病要吃蛇肝。 (3) 這條蛇允許那位兒子切它的一塊肝。 (4) 這兒子出於某種目的切得太多，那蛇疼得只好閉上嘴，把這兒子咬死了。
37.擇婿型 (1) 一女被許與三個職業不同的人。 (2) 他們因爭執而受試驗（做詩）。 (3) 結局，最卑的一個得勝利。	S.29.擇偶 II (1) 一位姑娘被許諾給三個不同職業的男人，爲了讓他們更好地工作。 (2) 因爲所有的人都工作得很好，發生了一場爭執。 (3) 姑娘讓每個人作一首由她命題的詩。 (4) 那個身分最卑微的人成了幸運的求婚者，因爲只有他在詩中談到了他的愛情。
38.書呆子掉文型 (1) 一書呆子愛掉文，夜遇禍事，他以文語告急於鄰眾。 (2) 眾不解所謂。他家卒大受損失。	S.3.蠢秀才 (1) 一個（或幾個）男人由於驕傲自大說話文縐縐的，讓普通人無法理解。 (2) 他們或者其他人因此陷入困境。
39.撒謊成功型 (1) 一人以躲避責問而撒謊（或他學會了占知幽秘之術）。 (2) 幾度的試驗，皆以湊巧成功。 (3) 他終享有極高幸福。	190.有言必中 (1) 一個人被認爲能夠做出正確的預言。 (2) 他多次嘗試，但總是偶然獲勝。 (3) 他因此獲得最大的幸福與最高的榮譽。
41.呆女婿型 　第一式 (1) 妻恐夫到娘家顯出傻氣，命他先去學聰明。 (2) 夫（呆子）在外學了三個人的說話。 (3) 他到丈人家時，把學來的話，應對得恰好。	S.6.傻女婿 I：祝壽 1 (1) 妻子擔心她丈夫祝壽時會出洋相。因此她讓他學習。 (2) 傻子從別人那裡學了幾句話。 (3) 在與岳父母談話時他用了這些話，開始時效果得好，大多數情況下，後來的效果就差了。
41.呆女婿型 　第二式 (1) 呆子將到岳父家去（或在家等候岳父），父親或妻預授以應答的話。 (2) 他把那些話錯亂地應對了。	S.6.傻女婿 I：祝壽 2 (1) 傻女婿要去岳父家。他妻子或他父親事先告訴他，他在那兒應該說什麼，做什麼。 (2) 他所答非所問，言行舉止很荒唐。
41.呆女婿型 　第三式 (1) 呆將赴岳家慶祝喜事，家人（妻或父）囑每說話必冠以某吉詞。 (2) 他到岳家，遇某事發生，他一語一吉詞地向人報告或叫喊起來。	S.6.傻女婿 I：祝壽 3 (1) 傻子到岳父家去祝壽。 (2) 人們告訴他，他要在關於他岳父母以及關於他岳父母的東西的每句話前用一個敬辭。 (3) 他用錯了地方。

41.呆女婿型 　　第四式 (1) 呆子將赴岳家慶壽，妻（或別人）囑他須學某人行動。 (2) 席中，某人有變常行動，他不明其故而仿效之。	S.6.傻女婿 I：祝壽 4 (1) 傻子到岳父母家去祝壽。 (2) 人們對他說，吃飯的時候要注意另外一個人的行為並且要完全照著做，免得出洋相。 (3) 另外這個人出了點兒不尋常的事，傻子也照著做了。
41.呆女婿型 　　第五式 (1) 將往岳家慶壽，妻恐夫失禮，預約定"牽衣舉筷"的暗號。 (2) 屆時，線為某物所擾，亂動不已，他的動作亦隨之。	S.6.傻女婿 I：祝壽 5 (1) 傻子和妻子去岳父家祝壽。 (2) 因為妻子擔心傻子吃飯太貪婪，所以給他身上拴了一根繩。她從後邊拉一下，他就可以吃一口。 (3) 一個動物或者另一個客人纏在了繩上；丈夫拼命地快吃多吃，因為總在拉繩子。
44.禿子猜謎型 (1) 一禿子以某種緣故，誤會富家姑娘愛上了他。 (2) 禿子託人去求婚，被課以猜謎的工作。 (3) 他終得她為妻（或否）。	192.窮漢娶妻 (1) 一個窮人由於誤解，猜想有錢的姑娘愛著他。 (2) 他請父母去說親。 (3) 他必須猜中謎語，或者為婚禮置備珍奇的物品。 (4) 他得到了她為妻。

（二）鍾敬文其他未列入對照表的故事型式

30.頑皮的兒子（或媳婦）型	(1) 一父親（或母親）有四個兒子（或女兒），他（或她）們與他（或她）為難。 (2) 他（或她）把他（或她）送到官裡去懲治。 (3) 官為他（或她）們的巧辯所惑，他（或她）反受咎。
36.三女婿型	(1) 富翁有三個女婿，第三的被輕視。 (2) 富翁以問題詢第一、第二兩女婿；他們的答案皆為第三婿所駁倒。 (3) 富翁再不敢輕視第三婿。
40.孝子得妻型	(1) 一人以孝行，得一有超自然法力的妻子。 (2) 縣官見其釁美，故出難題困之， (3) 他一一辦到，縣官卒無奈他何（並且吃虧）。
42.三句好話型	(1) 一人因忠厚，招來了仙人的三句好話。 (2) 他一一照好話做去。 (3) 他終於脫離了臨身的災禍。
43.吃白飯型	(1) 一人以善於獵食著名。 (2) 一天，仙人擬試其本領，特設宴俟之（或說在飲酒中偶被他碰見）。 (3) 仙人舉行嚴酷的酒令，他以巧妙的方法對付之。
45.說大話的女婿型	(1) 富翁有四女婿，第一、二、三婿說了大話，第四婿說不出來。 (2) 他們到第四婿家裡，他的妻子以更大的大話折退他們。

附錄四：艾伯華《中國民間故事類型》類目簡表〔註2〕

一、動物		
1.雞和龍	2.蟹和牛	3.老虎和鹿
4.老虎和驢	5.城里的老鼠和鄉下的老鼠	6.貓和老鼠
7.鵝不吃豬肉		
二、動物與人		
8.懂鳥語的人	9.鳥報仇	10.怕漏
11.老虎外婆（老虎和孩子們）	12.貓和狗結仇	13.樂於助人的動物：貓和狗
14.肯幫忙的動物（母雞和公雞）	15.中山狼	16.動物報恩
17.老虎報恩	18.蛇報恩	19.蛇吞象
三、動物或精靈幫助好人，懲罰壞人		
20.砍柴的人	21.骷髏報恩	22.神報恩
23.屙金的動物	24.燕子報恩	25.月宮裡的人
26.太陽國	27.猴洞	28.動物對話
29.賣香屁	30.狗耕田	
四、動物或精靈跟男人或女人結婚		
31.蛇郎	32.灰姑娘	33.變形男孩
34.天鵝處女	35.田螺娘	36.畫中人
37.虎妻	38.熊人公	39.海龍王滿足願望
40.龍宮吹笛	41.狗的傳說	42.青蛙皇帝
43.蛤蟆兒子	44.青蛙變妖人	45.蠱
46.妖婆的女兒		
五、創世、混沌初開、最初的人		
47.洪水（1～7）	48.人類最初的兄妹	49.從肉團裡誕生
50.新生兒	51.神奇受孕	52.神奇的誕生

〔註 2〕類型譯名據王燕生、周祖生所譯的中文本。艾氏注：「用圓括號（　）括起來的民間故事表示，這些故事與前一個故事非常接近，暫時把它們排在這裡，但即時把它們排在別處也未嘗不可。」頁531。

53.動物保護主人公	54.動物育人	55.開天闢地
56.天地分離	57.混沌（卵形世界）	58.漂來的孩子（摩西母題）
59.蜂王	60.龍的母親	61.龍蛋
62.米泉	63.神奇寶物	64.隱身帽
65.樂於助人的鬼		
六、物種和人類的起源		
66.大地的形狀	67.十日並出	68.太陽和月亮
69.泉的來歷	70.人類起源	71.人的壽命
72.人原先有尾巴	73.鹽的來歷	74.家譜的來歷
75.情歌的來歷 I－II	76.娛蚌	77.牛
78.雞和土地神	79.牛和土地神	80.牛和蠶
81.猴子是怎麼來的	82.魚的來歷 I－II	83.鳥的來歷 I－II
84.蚊子	85.植物的起源 I－II	86.稻穀的起源
87.水仙	88.鴉片的來歷	89.蘿蔔 I－II
90.植物長上天	91.植物互換居處	
七、河神與人		
92.龍潭	93.同河神搏鬥 I－II	94.自我犧牲
95.蓮花池	96.魚精	97.井
98.吃人的蛇	99.建築犧牲者	100.（工匠的絕招）
101.（造橋）	102.（洛陽橋）	103.仙鄉淹留、光陰飛逝
104.增壽	105.代神仙傳達	106.仙人考驗門徒
107.漁人遇仙	108.仙人回報	109.神仙娶親
110.任命做城隍	111.三個願望	
八、妖精和死鬼與人		
112.與精怪的關係	113.死鬼被殺	114.死鬼追踪
115.死去的母親和她的孩子	116.包青天	117.捉鬼
118.蜜蜂做媒	119.（猴兒娘）	120.（虎媼）
121.（母熊殉情）	122.雲中落繡鞋	123.被虐待的怪物
124.妖窟		

九、諸神與人		
125.問佛	126.行善的屠戶	127.姑娘朝山進香
128.山神	129.廟裡的鼓	130.毛衣女
131.十八羅漢的來歷	132.漁夫和淹死鬼	133.鬼判官
134.換心	135.醜神仙	136.告狀
137.神的助手	138.一日千里	139.財神的鵝
140.三閣老	141.潮神	142.神像起身
十、陰間和轉世		
143.不幸的崇禎皇帝	144.丈夫和再生的妻子	145.探陰間 I－II
146.償還宿債	147.捉拿鬼魂的女人	148.三個強盜
149.定親		
十一、神和神仙		
150.文殊和普賢	151.旱魃	152.天后
153.董仙	154.兄弟九人一只眼	155.彭祖之死
156.彭祖不死	157.不見黃河心不死	158.彭祖的年齡
159.三界神	160.金花婦人	161.羅隱
162.劉海	163.嫦娥	164.貪嘴的神仙
165.神仙下棋	166.神仙爭位	167.大禹化熊
168.一夜之功		
十二、巫師、神秘的寶藏和奇蹟		
169.回回採寶	170.芝麻，開門	171.出借食具
172.風水先生選兒孫做皇帝	173.借用風水	174.風水遭破壞
175.孩子的寶藏	176.蛇罐	177.銀器搬家
178.石馬	179.寶扇	180.蜈蚣的珠
181.龍珠	182.畫師	183.會飛的竹鳥
184.奇蹟 I－V	185.作法求雨 I－II	186.建廟的奇蹟 I－IV
187.寶塔 I－II	188.鐘的奇蹟 I－II	189.神奇的追逐
十三、人		
190.有言必中	191.謊話連篇	192.窮漢娶妻

193.千金小姐嫁乞丐	194.鞋匠成了駙馬	195.百鳥衣
196.紅李子和白李子	197.沖喜	198.算命先生
199.罕見的遺囑	200.三句遺囑	200a.獸穴裡的孩子
201.榜樣	202.魚頭	203.富人與窮人
204.快樂的窮人	205.躲債	206.醜女出嫁，走馬看花
207.蘇堤	208.十個兄弟	209.強中自有強中手
十四、主人公和英雄		
210.孟姜女	211.韓朋	212.祝英台
213.王昭君	214.朱買臣	215.利息
十五、滑稽故事		
1.傻子 I－XIX	2.笨學生	3.蠢秀才
4.傻子空歡喜	5.傻子有福氣	6.傻女婿 I－VI
7.傻媳婦 I－II	8.屁	9.近視眼 I－II
10.三人搔癢	11.徐文長 I（陰險狡點）（1）～（56）	12.徐文長 II（報復）（1）～（15）
13.徐文長 III（打賭）（1）～（11）	14.徐文長 IV（聰明的計劃）（1）～（2）	15.男人和他狡猾的兄弟
16.聰明的僕人	17.酒裡有毒	18.饞嘴先生
19.演戲和現實	20.閻王請醫生	21.偷竊能手
22.狡猾的小偷	23.聰明的小偷	24.膽小的強盜
25.吝嗇鬼	26.節儉的人	27.對妻子通姦的懲罰
28.聰明的女人 I－XI	29.擇偶 I－II	30.妻子
31.怕老婆的人		

附錄五：丁乃通引用格雷海姆故事型號表

說明：格雷海姆即「葛維漢」，格雷海姆（David Crockett Graham）·代維·
克羅克特：《川苗的歌和故事》（songs and Stories of Ch'uan Miao）華
盛頓，1954。AT 及 ATT 皆有引用此書。艾＝艾伯哈德（Wolfram
Eberhard）。

ATT 引用格氏 篇目型號	AT 該型號 引用格氏篇目	AT 該型號 引用艾書篇目	ATT 新增類型	ATT 書頁碼
8B			◎	3
21				4
49				7
78				13
126				24
155		✓		27
156		✓		29
156B*				30
157		✓		30
177				35
210		✓		39
275				50
277*			◎	51
291A			◎	54
301A				61
301B		✓		65
312A				70
312A*			◎	72
313A				75
313A$_1$			◎	77
326E*			◎	84
327A				86

333C			◎	94
400		✓		102
400A			◎	104
407	✓			116
408				118
433D			◎	125
440A			◎	131
461	✓			134
461A				137
462				139
465A		✓		140
465A$_1$			◎	148
480F				156
510A		✓		167
513				173
535				178
554				182
554D*			◎	184
555A			◎	186
555B			◎	189
576F*			◎	204
592A*			◎	207
613	✓			213
613A			◎	218
653	✓			222
653A				223
654*			◎	223
676		✓		225
700				229

745A₁			◎	235
834		✓		247
841A*			◎	250
875B₁				256
875B₅			◎	258
875D₁			◎	261
901				280
923				290
923B				291
990				322
1115				327
1218				335
1282				340
1319	✓	✓		347
1525H₄	✓	✓		378
1536A				401
1539	✓	✓		403
1568			◎	422
1641		✓		445
1685A				461
1696C			◎	478
1862B				499
1920A				502
1920J			◎	507
2205*				518

附錄六：蔡麗雲《中國民間動物故事類型研究》類目簡表

1 狐狸裝死，入車偷魚	1*調虎離山，狐狸偷籃
1A*偷雞不著蝕把米，欲捉動物反失所有	2 動物被騙，用尾釣魚
2D*老虎著火，逆風而跑	3 黏粥淋頭，狐狸詐稱其為腦漿
4 動物裝病求背	5 誤以「腳」為「棍」，烏龜鬆口
6 誘騙咬住牠的動物說話而逃脫	8 虎披草衣遭火攻
8B 謊稱天災至，引虎入阱遭火攻	8*動物以骨充肉，謊騙同伴
10***虎睡崖邊，以火擠逼	21 動物被騙吃自己的器官
23*動物受騙被刺	30 兔引盲狼入陷阱
31 狐狸踏狼背以出阱	31A 勸虎入阱避天塌，計使虎怒而脫離
31*狐狸把狼拉出陷阱	34 動物誤以水中之倒影為食物而跳入水中
34A 狗為自己叼肉的倒影而跳入水中	34B*動物被騙，捆石入水抓物
37 蛇鵲攀親，鵲蛋遭殃	38 熊被誘勸將抓卡於樹縫中，致使被抓
40 狼頸掛鈴而欲羊來	41 動物偷食倉糧，體型變大而不得逃脫
43A 鵲巢鳩占	44*設定賽跑路線，使狼落阱
47A 猴勸狐狸在咬馬臀之前與馬互繫尾巴，使其被馬拖傷	47B 馬使狼至其身後，然後猛踢而逃脫
47D 狐狸學虎，本事難成	49 熊被引至蜂窩處而被螫
49A 兔騙老虎打蜂窩	50 狐狸偽尋療方
50C 弱小動物自誇踢過獅子	51 狐狸分配獵物，見風轉舵求保命
51A 偽稱受寒嗅頓難聞味，避虎刁難兔脫難	51***狐狸分食物，結果將食物吃盡
55 動物齊力挖井，懶者被罰	56A 狐狸以「搖樹使蛋落下」作為恐嚇
56B 狐狸誘勸喜鵲攜兒至牠家，趁機食之	56D 狐狸問鳥颱風時自保之法，趁機食之
57 使人銜食物之鳥唱歌以奪其食物	58 猴子以對岸有美食誘勸駝背其渡河
58A 使魚鱉排列成橋，藉點數而渡河	59*豺狼挑撥離間
60 鶴和狐狸相互邀，餐具不合食無著	61 狐狸使公雞閉眼唱歌而食之
62 狐狸向雞說和平	66A 烏龜答話，不打自招
66B 動物裝死，因移動肢體而被拆穿	68A 動物偷食瓶中物而遭擒
68*動物輕視陷阱而被捕	70A 兔子割唇求脫罪
74C 猴以丟果之名，行丟刺之實，戲弄狐狸	75 鼠救網中之獅以報恩

75*狼等母親丟孩子	76 鶴入狼嘴挑喉刺，置身險境不知險
77 鹿喜角厭腿，卻因雙眼而遭險	78 動物求安互縛身，信號誤導，結果一方被拖死
78B 動物求安而互繫尾巴，結果逃跑一方被拖死	91 猴子忘了帶心
92 獅子欲鬥井中己影	101*狐假虎威
105 貓未傳授看家本領予虎而自救	106 動物間的會話
110 鼠欲掛鈴貓身求自保	111 鼠請貓當裁判，自找死路
111B 貓消滅不改偷吃本性的老鼠	111C*鼠牛比大爭第一
112 鄉下老鼠拜訪城裡的老鼠	112*老鼠搬蛋
112A*老鼠以互銜方式偷油吃	113B 貓扮講經者向鼠傳道，藉機食之
114A 驕傲的公雞因目而致禍	120 動物比賽誰先見到日出
121 動物疊羅漢，下倒上亦倒	122 狼想等獵物長大後再吃，終失所有
122A 動物藉「讓我祈禱後再吃！」以求逃脫	122B 鼠勸貓在吃牠前先洗臉，藉此逃脫
122C 鴨仿狐狸叫，獵犬聞聲而來乃脫離	122D 動物藉「讓我帶給你更合意的獵物！」以逃脫
122F 動物藉「等我長得夠肥時再吃！」拖延時間以設法逃脫	122G 動物藉「等我身體洗淨後再吃！」潛入水中逃脫
122H 動物藉「等我身體乾後再吃！」等其他方法逃脫	122M*公羊欲用雙角衝狼腹而嚇走了狼
122N*驢背狼赴宴，使狼遭打	123 狼仿母羊聲誘食小羊
123B 狼披羊皮混進羊群	125 羊拾狼頭怯退狼群
125B*驢唬獅	125E*黔驢之技
125F*動物屢發假警訊作弄其護衛者而致禍	126 羊說大話以怯敵
126*兔假扮為取獸皮之官，宣旨以救羊	150 鳥獻格言以逃脫
153 虎想壯如牛，結果被閹	155 中山狼
155A 忘恩獸吃食救助者	156 虎請人替其拔足刺
156B*動物請人當助產士	156D*老虎奉養被牠所食者之母親
157 老虎與人比本事	157*人請虎吸槍桿菸
157B 人會用火動物怕	159A₁ 老虎吞下燒紅的鐵
160 感恩的動物，忘恩的人	160*偽裝騙過猛獸
160A*鷸蚌相爭，漁翁得利	162*人上樹以避群獸，群獸推樹卻壓了自己
175 黏娃兒抓兔	176A*人以智勝猴
177 虎怕「漏」	178A 義犬護主被誤殺

178B 良犬得錢被誤殺	179 熊與人說的悄悄話
181 水牛裹泥與虎鬥	200A₁ 貓奪狗功成世仇
200A₂ 豬狗齊耙地，印足以搶功	200* 貓失排肖權，與鼠成世仇
200** 鼠報錯時，致貓失排肖權	201E* 義犬捨命救主
201F* 義犬護主，為主復仇	201G* 義犬阻狼以護主
202 獨木橋上雙羊互爭	207B 馬拒分擔，先甘後苦
210 小物件分工合作，助弱小動物復仇	211 載運鹽與棉花的兩頭驢
211A* 雞恥笑鴨掌，卻因其得救	214B 身披獅皮之驢，因叫聲現出原形
214B* 偽裝冒獸王，因親屬的叫聲而真相洩漏	217 貓為追鼠忘表演
220 群鳥大會定職責	220A 鳥王審案
220B 烏鴉詐降攻老鷹	221 選舉鳥王，智者得勝
222A 鳥獸大戰中的蝙蝠	222B 小動物引發鳥獸的連環慌亂
222C 鶴食小人可長壽	223 鳥助狐狸達心願
224* 嫉妒的烏鴉掉入了焦油桶	225 鶴教狐狸飛
225A 烏龜讓老鷹帶著飛	231 鷺鷥運魚
232A* 烏鴉欲污天鵝，天鵝卻更美	232A** 動物互畫身體
232D* 烏鴉銜石入瓶，使水位漲高以得飲	233B 智鳥齊飛以脫網
234 瞎子借眼拒歸還	234A 兩種動物（植物）調換住處拒還原
235 鳥借羽毛拒歸還	235A 動物借角拒歸還
235B 動物換腿	236* 模仿鳥鳴的故事
239 烏鴉幫助鹿逃出陷阱	240A* 落水遇救蟻報恩，咬敵出聲驚睡鳥
243 鸚鵡裝神，出語懲惡	244 無毛之鳥得羽而復失
244A* 鷺鷥向鴨求婚	245 天鵝自大而招禍
246A* 螳螂捕蟬，黃雀在後	248A 盲象想靠水性動物找水喝，因中計而墜崖
250A 笑歪了嘴的魚	275 蛙和老虎比跳遠
275A 龜兔賽跑	275* 動物藉安置親屬於賽跑線上贏了比賽
275D* 虎蛙比賽過泥沼	276A 水牛踩螃蟹
277A 青蛙妄想體大如牛	277* 青蛙吸水乾一池
278B 井底之蛙	281A* 蜘蛛幫助獅子除去吸血蟲
282C* 蝨因跳蚤的性急而遭難	285D 人心不足蛇吞之
291A 蚱蜢計敗猴群	293A 動物身體的兩個部位不和而招致死亡
295* 動物自不量力而遇險	297C 昆蟲大戰

附錄七：袁學駿〈中國民間故事基本類型〉類目簡表

（一）創生類			
1.天地開闢型	2.日月來歷型	2A.星星來歷型	2B.日月值班型
2C.日月蝕型	2D.月圓缺型	2E.氣象生成型	2F.地物來歷型
2G.地震型	3.造人創世型	3A.人沒尾巴型	4.補天型
5.再創世型	5A.石獅紅眼型	6.民族起源型	6A.遷徙型
6B.遷民型	7.動物遷移型	7A.屎可郎搬家型	8.異生型
8A.石生型	8B.動物生型	8C.植物生型	8D.夢生型
8E.肢體生型	8F.男生型	9.生異型	9A.生肉蛋型
9B.生蛇蟒型	10.轉世型	10A.星相下界型	10B.精怪托生型
10C.功德轉世型	10D.假轉世型	11.犯天規型	11A.相愛被謫型
11B.凡間勞守型	12.無意發現型	13.嘗百草型	14.仿生木馬型
14A.魯班型	15.山水治理型	16.實驗改良型	17.風氣倡導型
17A.改惡俗型	17B.留俗型	17C.訂婚規型	18.行業標誌型
（二）爭戰兵謀類			
39.神戰型	40.龍爭虎鬥型	40A.龍鬥型	40B.禿尾巴老李型
41.小白龍型	42.巨人型	42A.射日型	42B.射日月型
42C.射月型	42D.追日型	43.十弟兄型	44.支頂太陽型
44A.日遮蔭型	45.趕山鞭型	46.施法移物型	47.愚公移山型
48.鬥龍型	48A.人助鬥龍型	49.打虎狼型	49A.獵熊羆型
50.鬥狐型	51.鬥法型	51A.桃花女型	52.施法遠遊行
52A.施法隱遁型	53.精怪害人型	53A.降妖捉怪型	53B.偷吃莊稼型
54.無意破法型	55.狼外婆型	56.連環誇張型	57.揭竿型
58.除暴安良型	58A.殺富濟貧型	59.比武打擂型	60.女英雄型
60A.女強人型	61.天意定址型	62.僧道爭地型	63.攻城守地型
63A.擺陣破陣型	64.射箭定邊型	64A.打賭定地邊型	65.疑兵型
66.將計就計型	67.離間計型	68.調虎離山型	69.誘敵型
70.插艾不殺型			

（三）婚愛類

101.兄妹婚型	102.異類成婚型	102A.七仙女型	102B.牛郎織女型
102C.狐怪迷人型	102D.畫中人型	102E.田螺女型	102F.劈山救母型
102G.蠶馬型	103.人異恩婚型	103A.白蛇傳型	103B.龍女型
103C.狐女報恩型	104.蛤蟆衣型	105.蛇郎型	106.猴娃娘型
107.熊妻型	108.救公主型	108A.救姐姐型	109.搶妻型
110.百鳥衣型	111.刁難婚型	111A.天婚型	111B.窮漢得妻型
111C.施法害婿型	112.灰姑娘型	113.昧婚型	113A.投親型
114.死不受辱型	115.巧治姦夫	116.尋夫型	116A.孟姜女型
116B.望夫喚夫型	117.梁祝型	118.不見黃河不死心型	119.逃婚型
119A.男逃婚型	120.私奔型	120A.誤跟錯領型	121.破鏡重圓型
121A.夫妻失散型	122.棄妻型	122A.休妻型	123.試妻型
124.連環婚型	125.一女多夫型	125A.多夫選一型	126.和親型
127.仇親型	128.老夫少妻型	128A.換妻型	129.月老紅繩型
129A.預言夫妻型	130.謊媒型	131.代相代娶型	132.竟比擇偶型
133.塑像選婿型	134.夢緣型	135.黃樑夢型	136.老鼠嫁女型
137.騎龍抱鳳型	137A.巡幸伴駕型	138.報答婚姻型	139.收留招親型
140.通姦型	140A.咬舌型	141.兄妹亂倫型	141A.欺母型
141B.戲兒媳型	141C.欺嫂型	141D.戲小姨型	

（四）孝悌類

162.孝道型	162A.六十活埋型	162B.賣兒賣身型	162C.歷難求供型
162D.寡不嫁型	162E.順從聽命型	162F.悅老型	162G.哭孝型
162H.理解老人型	163.拜真佛型	163A.丁郎刻木型	164.天譴不孝型
164A.變禽獸型	164B.老秋蓮型	164C.棄母型	164D.牆頭記型
164E.三個女兒型	164F.稀麵湯型	164G.奶奶盆型	165.殺不孝型
166.尋母型	166A.尋神母型	166B.木連救母型	166C.爭墳型
167.尋父型	167A.認祖歸宗型	168.尋親復仇型	169.後娘型
169A.小白菜型	169B.害子型	169C.生熟穀種型	170.姣姣女型
171.鞭子攪水型	172.妯娌鬧話型	173.賢媳型	174.弟兄讓位型

175.兩弟兄型	176.狗耕田型	176A.小三分家型	176B.打爹型
（五）君臣忠奸類			
207.愛民型	208.爲民請命型	208A.巧言報災型	209.君賜官贈型
210.題寫相助型	211.私訪型	211A.訪賢型	211B.訪冤察惡型
211C.訪親友型	211D.訪民風型	211E.訪美型	211F.私訪遇險型
211G.不開城門型	211H.遇事明斷型	212.微服上任型	213.口封型
213A.劉秀口封型	213B.錯封型	213C.討封型	214.小時戲封型
215.功德封賞型	215A.救駕封賞型	215B.封神榜型	216.定壽數型
217.招賢型	217A.築台張榜型	218.請賢型	219.薦賢型
219A.不避仇型	219B.私心薦親型	220.識賢型	221.用賢害賢型
221A.慶功樓型	222.諍諫型	223.抗旨型	224.大義滅親型
224A.懲親型	225.懲上型	226.疑心錯怪型	226A.不滿醜化型
227.錯判錯殺型	228.金牛傳旨型	229.殺身成仁型	230.清廉型
230A.簡樸型	230B.不受賜贈型	231.隱遁型	232.文士交遊型
232A.三笑型	233.皇上憶苦飯型	234.包公型	235.芝麻官型
236.百姓打官司型	236A.試探判案型	236B.實驗判案型	236C.審物型
236D.各懲罰型	236E.判分家型	236F.斷爭妻型	236G.夫人協理型
237.堪察斷案型	237A.開棺驗屍型	237B.假害夫型	238.奇案型
238A.冒替騙奸型	238B.孤女奇案型	238C.無投案型	239.竇娥冤型
240.動物告狀型	241.動物引冤型	242.訟師型	242A.寫呈狀型
242B.出主意型	242C.代打官司型	243.貪官型	244.糊塗蟲型
（六）善惡恩仇類			
275.神仙指點型	275A.夢告型	275B 指尋建造型.	275C.指引方向型
276.神仙助人型	276A.鍋大夥伙型	276B.羊石型	276C.濟公型
276D.解饑渴型	276E.解旱退水型	2765F.跌跳不死型	276G.障眼助逃型
276H.顯聖退臟型	276J.神仙療救型	277.顯聖拒辱型	277A.損壞神像型
278.神救動物型	279.動物報恩型	279A.虎報恩型	279B.蛇報恩型
279C.葫蘆籽型	280.動植物救人型	281.動物聯合型	282.虎吃婆型
283.搭救型	283A.急救死傷型	283B.施捨型	283C.收養型

283D.買妾退妾型	283E.盜竊救人型	284.敬神型	284A.西天問佛型
284B.三根金髮型	284C.拜北斗型	284D.敬貪神型	284E.接窮神型
284F.煮瓜型	284G.財主長工敬神型	285.人異友好型	285A.捎信入洞型
285B.夜飲型	286.摯友型	286A.路遙馬力型	286B.不打不成交型
287.假朋友型	287A.害友型	287B.動物騙友型	287C.狗吃貓型
288.借還型	288A.禮借型	288B.借地產型	288C.借角借眼型
288D.借家什型	289.轉世討債型	289A.被殺轉兒型	289B.禽獸討債型
289C.送子討債型	290.轉世還帳型	290A.變物還型	291.捨身型
291A.鑄鍾娘娘型	292.復仇型	292A.轉世復仇	292B.升官復仇
292C.捨身復仇型	293.小鞋報復型	293A.回敬型	294.以德報怨型
295.退讓型	295A.讓街牆型	296.結冤型	297.忘恩負義型
297A.狼心狗肺型	297B.人變狼型	298.人心不足型	298A.蛇吞象型
298B.十不足型	298C.太陽山型	299.失信型	299A.動植物中誓型
300.吝嗇鬼型	300A.雙吝嗇型	300B.餓等吃請型	301.圖財害命型
301A.自己說型	301B.惡人同盡型		
（七）尋獲類			
322.遠途尋找型	322A.找太陽型	322B.盜火種型	322C.相繼尋找型
322D.幾人同尋型	323.狗求糧型	324.盜種型	324A.送種型
325.不死藥型	325A.尋求仙藥型	325B.盜仙藥型	325C.徐福東渡型
325D.假丹藥型	326.天書型	326A.贈受天書型	326B.夢讀夢贈型
326C.偶得奇書型	327.得兵刃型	328.得寶型	328A.聚寶盆型
328B.寶缸型	328C.得珠型	328D.寶葫蘆型	328E.流米岩型
328F.寶高粱型	328G.凶宅得寶型	328H.死變金人型	329.偷聽型
329A.落井得妻型	329B.瞎子夜聽型	329C.小鐺鑼型	330.不識貨型
330A.錯不當買型	330B.辭退夥計型	331.盜寶型	331A.開山鑰匙型
331B.收破舊型	332.人參娃娃型	332A.煮參娃型	332B.參姑娘型
333.挖參歷險型	333A.賣參型	334.智尋巧取型	
（八）教考修行類			
365.成仙佛型	365A.功德升仙型	365B.辱殺升仙型	365C.苦修型

365D.度化成仙型	365E.食藥煉丹型	365F.觀棋爛斧型	365G.成仙辭家型
366.拜師學藝型	366A.浮躁型	366B.苦練型	366C.盜藝型
366D.害師型	366E.學藝成親型	366F.學偷型	367.絕藝驚人型
368.苦讀型	368A.窮讀型	368B.反覆誦讀型	369.苦著述型
369A.踏查著書型	370.考驗試探型	370A.考兒女型	370B.試臣民型
370C.互考型	371.訓戒勸導型	371A.直接訓勸型	371B.巧勸導型
371C.教子型	371D.勸夫型	371E.不聽勸型	372.嚴教徒型
372A.罷教型	373.尊師型	373A.升遷謁師型	374.留囑型
374A.弟兄挖金型	374B.勤儉莫分型	374C.囑反型	375.惡作劇型
376.後悔型	376A.悔死型	377.改正型	377A.浪子回頭型
377B.重歸於好型	378.賠情型	378A.請罪型	

（九）鬼魂類

399.防鬼魅型	400.捉鬼型	400A.找替身型	400B.打鬼驅鬼型
401.鬥閻王型	402.彭祖型	403.遇鬼受驚型	404.神鬼怕惡人型
405.冤魂厲鬼型	405A.鬧鬼型	406.鬼友型	406A.鬼助換妻型
407.遊陰型	408.還魂成親型	408A.借屍還魂型	409.鬼妻型
409A.鬼妻留物型	410.鬼生兒型		

（十）預測驗證類

431.不必迷信型	431A.哄傳有神型	431B.再不信型	431C.互聽成病型
431D.利用迷信型	432.術士騙人型	433.命中財型	434.預測型
434A.圓夢型	434B.分析預測型	435.風水型	435A.占穴型
435B.龍口送骨型	435C.泰山石敢當型	436.破風水型	436A.盜風水型
436B.自破型			

（十一）競比智巧類

467.動物比賽型	467A.排屬相型	468.工匠競技型	469.打賭型
469A.鬥膽型	469B.棋賭型	469C.賭妻型	470.屁媳婦型
471.抬槓型	472.三婿對詩型	473.妯娌對詩型	474.兄弟對詩型
475.文人女子吟對型	476.秀才僧道吟對型	477.比窮對詩型	478.解詩改詩型
479.雜對型	480.猜謎型	480A.謎語詩型	481.神童型

481A.長幼聯對型	481B.難大人型	482.神畫墨寶型	482A.不識墨寶型
482B.畫上陰晴型	483.補字型	483A.偷字補字型	484.神醫型
484A.走線號脈型	484B.起死回生型	484C.新法巧治型	484D.治心型
485.巧得絕藥型	486.祝壽型	486A.祝賀諷勸型	486B.假誇祝型
487.諧音矯旨型	488.標點斷句型	489.巧掩飾型	490.巧女型
490A.巧手型	490B.巧當家型	490C.才女型	490D.劉三姐型
490E.巧救夫型	491.長工鬥財主型	491A.弟兄要工錢型	492.教答案型
493.戲官鬥官型	494.說謊型	495.假寶貝型	496.騙騙子型
497.鳥言獸語型	498.講故事型	499.畫匠通信型	500.夫妻嬉逗型
（十二）愚拙類			
531.不懂裝懂型	531A.弄巧成拙型	532.動物驕傲型	533.逞強出醜型
534.大馬虎型	534A.慌張女人型	535.急性型	536.少見多怪型
537.呆傻型	537A.傻女婿型	537B.學俏吃虧型	538.傻女型
539.拙婦學樣型	540.錯白字型	541.諧音打叉型	542.拙言型
542A.拽文型	542B.口頭禪型	543.懶惰型	543A.懶夫妻型
543B.饞老婆型	543C.吃蹭飯型	543D.學懶型	543E.問殺誰型
544.吹牛型	545.怕漏型	546.怕媳婦型	547.僥倖型
547A.夢先生型	547B.嚇唬型	547C.射箭型	547D.砸尿壺型
547E.冒醫型	547F.打啞迷型	548.文盲教書型	549.找我型

附錄八：祁連休《中國古代民間故事類型》類目簡表

一、春秋戰國時期的民間故事類型		
鬼魂報冤型故事	揠苗助長型故事	介子推型故事
黃雀伺蟬型故事	戲後誤國型故事	誇年高型故事
不死藥型故事	放鱉喝水型故事	守株待兔型故事
呆人買鞋型故事	夫妻禱祝型故事	哭夫不哀型故事
射石飲羽型故事	刻舟求劍型故事	鬼妻老翁型故事
狐假虎威型故事	鷸蚌相爭型故事	愚公移山型故事
機關木人型故事		
二、秦漢時期時期的民間故事類型		
塞翁失馬型故事	孟姜女型故事	城陷爲湖型故事
河伯娶婦型故事	憑汗捉盜型故事	不死酒型故事
二婦爭子型故事	山神娶親型故事	東石西宿型故事
鮑君神型故事	桑中生李型故事	石賢士神型故事
鮫人淚型故事	眾鳥舉網型故事	
三、魏晉南北朝時期的民間故事類型		
不識鏡型故事	隱身草型故事	治駝背型故事
長竿入城型故事	煮竹席型故事	董永行孝型故事
巧賣鬼型故事	凶宅得金型故事	相思樹型故事
空中落電型故事	猴子取心型故事	瞎子摸象型故事
千日酒型故事	"升仙"奧秘型故事	羽衣仙女型故事
午郎織女型故事	趕山鞭型故事	五仙五羊型故事
田螺女型故事	龍子祭母型故事	黃粱夢型故事
仙窟豔遇型故事	雲中落繡鞋型故事	狐精爲祟型故事
蟢蟱炙型故事	獸異避禍型故事	動物感恩型故事
烈火救主型故事	臨危救主型故事	魚腹失物型故事
人獸婚配型故事	臥冰求魚型故事	郭巨埋兒型故事
丁蘭刻木型故事	畫女釘心型故事	虎報恩型故事
觀仙對弈型故事	蛇郎娶妻型故事	義獸救人型故事

義犬除奸型故事	兩蛇相鬥型故事	鵝籠書生型故事
猴子救月型故事	曬腹書型故事	驅走縊鬼型故事
望夫石型故事	人參精型故事	象報恩型故事
蛇銜草型故事	金人現身型故事	妒婦改過型故事
病鬼延醫型故事	紫荊樹型故事	祭屈原型故事
端午競渡型故事	看門戲主型故事	誰先開口型故事
半餅充饑型故事	全都試過型故事	貧人甕算型故事
折箭訓子型故事	換代物型故事	棄老復歸型故事
問活佛型故事	巧媳婦型故事	呆人學舌型故事
雙頭鳥型故事		
四、隋唐五代時期的民間故事類型		
服毒尋死型故事	學狗叫型故事	癡人買帽型故事
健忘者型故事	梁山伯祝英台型故事	書家題扇型故事
換鵝書型故事	智審匿產案型故事	寡婦訟子型故事
放驢捉賊型故事	覘嫗獲賊型故事	鑰匙尚在型故事
麻瘋女型故事	見屈原型故事	獅子與豸型故事
虎送親型故事	制俒滅虎型故事	狼外婆型故事
入仙洞型故事	夜宿聽棋型故事	畫佛募緣型故事
書僧筆型故事	破雞辨食型故事	鞭絲破案型故事
拷打羊皮型故事	貓喇嘛型故事	定婚店型故事
除惡虎型故事	白蛇傳型故事	枯井屍案型故事
虎妻子型故事	虎為媒型故事	蛇精行淫型故事
灰姑娘型故事	長鼻子型故事	畫中人型故事
櫃子熊型故事	旅客變驢型故事	巧求筆跡型故事
江中寶鏡型故事	燕化女子型故事	逆婦惡報型故事
換刀擒凶型故事	無頭屍案型故事	銀人求宿型故事
燒豬判案型故事	斷絹得奸型故事	舉哀還兒型故事
五、宋元時期的民間故事類型		
聚寶盆型故事	刮地皮型故事	巧析家產型故事
摸鐘辨盜型故事	辨屍察奸型故事	羅漢騙局型故事

明年同歲型故事	兔殺獅型故事	打是不打型故事
對偶親切型故事	秀才康了型故事	妻妾鑷鬚型故事
四官爭大型故事	畫扇判案型故事	移魚諧謔型故事
鬼母育兒型故事	屍變奇案型故事	相互暗算型故事
三毛飯型故事	冶銀致富型故事	片言決獄型故事
水鬼得升型故事	以文斷案型故事	不誤反誤型故事
孝媳善報型故事	海島歷險型故事	退物無憂型故事
海島婦人型故事	人妖公案型故事	勘釘案型故事
"我來也"型故事	娶婦得郎型故事	辨毒平冤型故事
義犬鳴冤型故事	獸穴接生型故事	野獸求醫型故事
虱異致禍型故事	鄰僧積飯型故事	抄斬淫僧型故事
定水帶型故事	鐵杵磨針型故事	男人生子型故事
拾金不昧型故事	假親騙局型故事	井水化酒型故事
道人畫鶴型故事	魯班造橋型故事	巧借地型故事
巧判還銀型故事	戲髑髏型故事	
六、明代時期的民間故事類型		
虎口救親型故事	假鬼駭巫型故事	尼庵命案型故事
捉弄女巫型故事	覓凳腳型故事	拔樹防盜型故事
中山狼型故事	失印復歸型故事	殺妍婦型故事
謀生被誣型故事	"活佛"騙局型故事	失屍冤案型故事
十七字詩型故事	雨中疑鬼型故事	三笑事型故事
一字笑話型故事	轆角莊型故事	假假眞眞型故事
八王四鬼型故事	袋中姦夫型故事	吾凍汝兒型故事
眞假新娘型故事	天妃救厄型故事	十兄弟型故事
貓兒更名型故事	我今何在型故事	奈何姓萬型故事
瞎子墜橋型故事	多憂者型故事	兄弟爭雁型故事
抱瓜伏罪型故事	剖傘決疑型故事	驗刀擒凶型故事
新婦制賊型故事	取書作枕型故事	搬壞祖師型故事
如此賀銀型故事	跳窗者我型故事	合穿靴型故事
雨中逐客型故事	定不出來型故事	幸戴氈帽型故事

做屁文章型故事	秀才買柴型故事	剪箭管型故事
雞卵夢型故事	讓牆詩型故事	如此吃鈴型故事
夢得金型故事	鄰家去痛型故事	誘出戶型故事
撈魚去型故事	錯死人型故事	何以做人型故事
閻王訪名醫型故事	等桌"知音"型故事	肚裏無有型故事
慳師授術型故事	信風水型故事	落幾尺型故事
惡少剃眉型故事	心在哪裡型故事	一錢莫救型故事
假銀也收型故事	大浴盆型故事	放不放由你型故事
長江作浴盆型故事	禽獸相爭型故事	智判牛案型故事
動物鳴冤型故事	瓜異案型故事	劉三妹型故事
觀音負石型故事	咬乳頭型故事	鋸酒杯型故事
落地與及第型故事	索燭覓荣型故事	父子扛酒型故事
寧受腳踢型故事	補針鼻型故事	剔燈棒型故事
食不厭精型故事	跨鴨歸去型故事	請賊關門型故事
妻手如薑型故事	教官索節型故事	盗牛巧言型故事
如何下得手型故事	勸阻念佛型故事	諷觀竟渡型故事
石佛出世型故事	助寡改嫁型故事	買豬千口型故事
晶字三耳型故事	有天無日型故事	難熬三年型故事
判魚判棺型故事	吏人立誓型故事	不語禪型故事
驅蚊符型故事	吃"而已"型故事	蟬可跟主型故事
葡萄架倒型故事	江心賊型故事	死後不賒型故事
茶酒爭高型故事	蝙蝠弄乖型故事	近視認區型故事
三婿贊馬型故事	未會尊師型故事	"川"與"三"型故事
諱輸棋型故事	醃鴨生蛋型故事	奶奶屬牛型故事
藏鋤頭型故事	垛子助陣型故事	莫射虎皮型故事
仨馬虎型故事	打半死型故事	願換手指型故事
願為母狗型故事	我是取笑型故事	合本做酒型故事
不肯相讓型故事	慢性子型故事	家父燒了型故事
隔夜變粗型故事	吊我罷型故事	謝周公型故事
偷自家型故事	自咬耳朵型故事	第一聲像型故事

賊遇偷型故事	因夢致爭型故事	和尚挨打型故事
拉屎留名型故事	紅米飯型故事	弔孝墜帽型故事
幸不屬虎型故事	藉牛自來型故事	豆腐是命型故事
合種田型故事	牛鼓大話型故事	老爺糊塗型故事
勿許日子型故事	我也敗家型故事	一笑姻緣型故事
婆奸媳型故事	計奪新靴型故事	折蘆辨盜型故事
丹客行騙型故事	試騎騙馬型故事	東門王皮型故事
春雨似油型故事	步步高型故事	藏金失竊型故事
咬耳授計型故事	眞老烏龜型故事	戲弄蛋販型故事
抬桶過橋型故事	鋸茅椿型故事	
七、清代時期的民間故事類型		
巧制官衣型故事	"且白堂"型故事	嘲死禿型故事
望娘灘型故事	望夫雲型故事	仙佛留像型故事
妾擊賊型故事	壽誕題詩型故事	見雞行事型故事
救產婦型故事	佛寺人蝟型故事	虎口餘生型故事
馬曳賊亡型故事	亡八無恥型故事	斫蟒救親型故事
捨命護金型故事	鬼孝子型故事	曬銀字型故事
浮脂辨盜型故事	誤哭遭打型故事	滿盤都是型故事
望孫出氣型故事	腳像觀音型故事	插草標型故事
貪官誓聯型故事	爛盤盒型故事	再出恭型故事
吃人不吐骨型故事	借官銜型故事	今年好晦氣型故事
活脫話型故事	笑話一擔型故事	驅鬼符型故事
長生藥型故事	瞌睡法型故事	不利語型故事
趙錢孫李型故事	三字同形型故事	打噴嚏型故事
他更有理型故事	跳蚤藥型故事	母豬肉型故事
誤殺奇案型故事	九九翁娶親型故事	騙人參型故事
售牆行騙型故事	雷擊皮鼓型故事	沙彌思虎型故事
除惡情虎型故事	獲盜銀型故事	咎由自取型故事
還叩頭型故事	審案濟困型故事	審笆斗型故事
犀牛毛型故事	娶木偶型故事	神言發跡型故事

八錢宴客型故事	激怒發痘型故事	換面騙局型故事
受罰背後型故事	吃糞解"毒"型故事	出遊現醜型故事
桃花女鬥法型故事	什麼東西型故事	水災救母型故事
父子同拜堂型故事	平上去入型故事	父似董卓型故事
再打三斤型故事	妙計換人型故事	移屍免禍型故事
烏鬚藥型故事	謀夫疑案型故事	老頭子型故事
新娘互換型故事	接生奇遇型故事	謀殺奇案型故事
日久見人心型故事	柳絮飛來型故事	盛暑披裘型故事
鼠竊卵型故事	零買缸型故事	戲僧罰資型故事
戲父遺屎型故事	舉手褲脫型故事	甲乙爭妻型故事
個個草包型故事	報荒減糧型故事	倍與之錢型故事
戴高帽型故事	蘿蔔對型故事	恭喜也罷型故事
求你別寫型故事	先生妙喻型故事	嘔嘲二匠型故事
堂屬問答型故事	白字先生型故事	嘲醫詩型故事
半"魯"席型故事	老前輩型故事	聖賢愁型故事
糊塗蟲型故事	五大天地型故事	問猴妙答型故事
讀白字型故事	官讀別字型故事	不改父業型故事
詿騙老虎型故事	城鄉蚊子型故事	一厚一薄型故事
瞎子吃魚型故事	懶人吃餅型故事	不知修（羞）型故事
死魚復活型故事	鄉人拭糞型故事	媒婆巧言型故事
名醫遇騙型故事	改石滾型故事	假訂貨型故事
一女三配型故事	要加鹽（檐）型故事	雞鳴停工型故事
不識一字型故事	斗米斤雞型故事	嘲太監型故事
請上坐型故事	過去未來妙品型故事	門中一龜型故事
是狼是狗型故事	咬舌案型故事	巧審"善人"型故事
改字免死型故事	農婦巧答型故事	被子官司型故事
落臼關型故事	清和橋型故事	先生我兒型故事
父子騎驢型故事	狗爹媽型故事	粗心婦型故事
此地無銀型故事	拆字酒令型故事	巧計沉屍型故事

附錄九：湯普遜、鍾敬文、艾伯華、丁乃通、金榮華故事類型分列表

說明：1. 表格類目名稱依金榮華先生所擬定。

2. 「◎」為增設的類型；「※」為調整的型號；「#」為刪去「*」號的型號。

湯普遜（AT）	鍾敬文	艾伯華	丁乃通（ATT）	金榮華（ATK）
一、動植物及物品故事 1－299				
1－99 野獸				
1				1 狐狸裝死為偷魚
1*		1*狐狸偷籃子		1*（狐狸偷籃子）→1A
1**				
				#1A 兔子裝死誘人撿
		◎1A*兔子、鷹和老人		
2			2 用尾巴釣魚	2 用尾巴釣魚上大當
2A				2A 尾巴被凍住　就要吃苦頭
2B				
2C				
2D				
3				3 狐狸騙大熊　奶油稱腦漿
3*				
4				
4*				
5			5 咬腳	5 謊稱腳為棍
6			6 誘騙抓住它的動物說話	6 讓咬住自己的動物說話
6*				
7				
8			8 在草堆上畫畫	

8*			8*狐狸用燒焦的熊骨，交換馴鹿	
8**				
8***				
8****				
8A				
				◎8A.1 熊被塗黑了身體
		◎8B 火燒老虎		8B 火燒老虎
				◎8C 膠水為藥封狼眼
9				
9A				9A 狐狸撐屋熊推磨
				◎9A.1 兔子撐山岩　群獸驚逃命
9B				
9C				
10*				
10**				
10***				
15				15 狐狸偷蜜反賴熊
15*				
15**				
20				
20A				
20B				
20C			20C 害怕世界末日來臨，動物駭跑	20C 反應過度　群獸自擾
20D*				
20E*				
21			21 吃自己的內臟	21 吃自己的內臟
21*				
23*				
30			30 狐狸騙狼落下陷阱	

31			31 狐踩狼背出陷阱
31*		31*狐狸把狼拉出陷阱	
32			32 井中狐狸　損狼利己
32*			
33			33 動物裝死　逃出陷阱
33*			
33**			
34		34 狼為乾酪的倒影跳入水中	
34A			34A 狗爭水中肉
34B			
34B*			
35A*			
			#35B 在捕獸夾上取獵物的狐狸
35B*			35B*（在捕獸夾上取獵物的狐狸）→35B
35C*			
36			
37			37 偽善的保母
37*			
38		38 爪子卡在樹縫裡	
39			
40		40 狐狸搖鈴	
40A*			
40B*			
41		41 狼在地窖裡吃得過多	41 能進不能出　狼被狐狸騙
41*			
41**			
42*			
43			
		◎43A 鵲巢鳩占	

44				
44*			44*狼要綿羊的毛	
47A			47A 狐狸（熊，或其他動物）咬著馬的尾巴而被拖走，兔子嘴唇笑豁	47A 狐狸中了計　兔子笑裂嘴
47B			47B 馬踢狼的嘴	47B 野驢和狼（馬踢狼嘴）
47C				
47D				47D 不自量力狐學虎
				◎47D.1 狐假虎威
47E				
47*				
48*				
49			49 熊和蜂蜜	49 黑熊中計被蜂刺　狐狸鑽空去吃蜜
49A			49A 黃蜂的窩當作國王的鼓	
50				50 狐狸讓獅子剝了狼的皮
50A				
50B				
50C			50C 驢子自誇曾經踢過病獅	
50*				
51			51 獅子的一份（最大的一份）	51 狐狸奉命分獵物
51A				51A 今天感冒了
				※51B 狐狸分糕餅
				◎51C 水獺爭魚請狼分
51*				
51**				
51***			51***狐狸分乾酪	51***（狐狸分乾酪）→51B
52				

53				
53*				
55			55 動物挖井	
56				
56A			56A 狐狸以要推倒樹作為恐嚇	56A 狐狸以要推倒樹恐嚇喜鵲
56B			56B 狐狸誘勸喜鵲帶著小喜鵲到他家裡去	
56C				
56D			56D 狐狸問鳥兒刮風的時候怎麼辦？	56D 狐狸問鳥　刮風的時候怎麼辦
56A*				
56B*				
56C*				
56D*				
56E*				
57			57 銜著乳酪的渡鴉	57 狐狸要聽銜著肉的烏鴉唱歌
57*				57*（狐狸奉承錦雞）→57A
				#57A 狐狸奉承錦雞
58			58 鱷魚背豺狼	58 點數巧過鱷魚橋
58*				
58**				
59				59 狐狸和酸葡萄
59*			59*豺狼挑撥離間	59*（豺狼挑撥離間）→59A
				#59A 狐狸挑撥生是非
60				60 狐狸和鸛鶴互相請客
61			61 狐狸說服公雞閉眼唱歌	
61A				61A 狐狸勸公雞向牠懺悔
61B				

62				62 狐狸所謂的和平共處
62*				
63				
64				
				◎64A 大家都斷尾　誰也不笑誰
64*				
64**				
65				65 狐狸太太的婚事
65*				
66A			66A "喂，房子！"	66A 房子會說話　敵人中了計
66B			66B 裝死的動物拆穿自己的西洋鏡	66B 裝死或埋伏的動物自己拆穿了偽裝
66*				
66**				
66A*				
66B*				
67				
67*				
67**				
67***				
67A*				
68				
68A			68A 瓶為陷阱	
68B				
68*			68*狐狸嘲弄陷阱	
68**				
69*				
69**				
70				
			◎70A 兔子割自己的嘴唇	70A 兔子割開自己的嘴唇

70*				
71				
71*				
72				
72*				
72**				
72A*				
72B*				
72C*				
73				
74*				
74A*				
74B*				
74C*				
74D*				
75			75 弱者援救強者	75 弱小動物救猛獸
75*			75* 狼白白地等著褓姆扔掉孩子	
76			76 狼和鶴	76 狼與鶴（替狼清喉反被噬）
76*				
76A*				
77			77 公鹿在泉水邊自我欣賞	
77*				
78	29.虎與鹿型	3.老虎和鹿	78 動物爲了安全縛在另一動物身上	78 繫身虎背被拖死
78A				
		3.老虎和鹿	◎78B 猴子把自己用繩子捆在老虎身上	78B（猴子把自己用繩子捆在老虎身上）→78
78*				
79*				
80				

80A*				
81				
85				85 老鼠、小鳥和香腸
87A*				
87B*				
88*				
90				
91			91 猴子的心忘在家裡了	91 肝在家裡沒有帶
91*				
91A*				
91B*				
91C*				
92			92 獅子看到自己在水裡的影子跳下水去	92 獅子向自己在水裡的影子撲去
92A				
93				
95*				
96*				
100－149 野獸和家畜				
100				
100*				
101				
101*			101*狗要模仿狼（狐假虎威）	
102				
103				103 老弱家畜退強敵
103A				
103A*				
103B*				
103C*				
103D*				
104				

105			105 貓的看家本領	105 貓的一技　勝狐百計
				◎105A 貓的看家本領沒有教
105*				
105A*				
105B*				
106			106 動物間的會話	
106*				
107				
110			110 給貓戴鈴鐺	110 誰去替貓繫鈴鐺
				※110A 老鼠讓貓睡過頭
110*				
111			111 貓和老鼠談活	111 請貓作評判　結果都被吃
111A			111A 狼無故譴責小羊，並吃了它	111A 狼誣責小羊而吃了牠
			◎111B 老鼠造反	
111A*				
				#111C 牛和老鼠比誰大
			◎111C*狡猾的老鼠	111C*（狡猾的老鼠）→111C
				◎111C.1 牛和老鼠比誰快
112		5.城裡的老鼠和鄉下的老鼠	112 鄉下老鼠拜訪城裡的老鼠	112 田鼠和家鼠（鄉下老鼠拜訪城裡老鼠）
112*			112*老鼠搬蛋	
112**				
			◎112A*老鼠從罈子裡偷油	
113				
113A				
113B			113B 貓裝聖者	113B 貓裝聖人
113*				

114				
			◎114A 驕傲的公雞	
115				
116				
117				
117*				
118				
119A*				
119B*				
119C*				
120			120 第一個看到日出的	120 誰先看到日出誰贏
120*				
120**				
121			121 狼 "疊羅漢" 爬到樹上	
121A*				
121B*				
121C*				
122			122 狼失去它的獵獲物	122 利用機智逃過被吃
122A			122A 狼（狐狸）尋食	
122B			122B 老鼠勸貓在吃飯之前洗臉	122B 老鼠勸貓在吃牠之前先洗臉
122C			122C 綿羊勸狼唱歌	122C 先唱個歌再吃
122D			122D "讓我帶給你更好的獵物" 或 "帶給你更好吃的東西！"	122D 讓我去替你弄點更好吃的
122E				
122F			122F "等到我長得夠肥了。"	122F 等長胖了再吃
				◎122F.1 等我生了孩子一起吃
122G			122G "吃以前先把我洗乾淨"，或 "讓我自己洗乾淨"	122G 洗乾淨了再吃

122H			
122J			
			#122M 公羊直衝狼肚
			#122N 做了村長再吃（狼村長）
122Z		122Z 逃出捕獲者爪牙的其他伎倆	
122B*			
122D*			
122K*			
122L*			
122M*		122M*公羊直衝狼的肚子	122M*（公羊直衝狼的肚子）→122M
122N*		122N*驢子勸狼騎在它的背上	122N*（狼村長）→122N
			◎122Z.1 兔子帶狼去喝喜酒
122P*			
123		123 狼和小羊	123 狼和小羊（剖開狼肚救小羊）
123A			
123B		123B 狼披羊皮混進羊群	123B 狼披羊皮進羊群
123*			
124			
124A*			
125			
125A*			
			#125B 驢子比賽勝獅虎
125B*		125B*驢子嚇唬獅子	125B*（驢子嚇唬獅子）→125B
125C*			
125D*			
	4.老虎和驢	◎125E*驢子用叫聲威嚇別的動物	

				#125F 驢子屢發假警訊結果自己喪了命
			◎125F*喊叫有狼，或發假警號	125F*（喊叫有狼，或發假警號）→125F
126	29.虎與鹿型	3.老虎和鹿	126 羊趕走狼	126 羊唬走了狼
126A*				
126B*				
126C*				
127A*				
127B*				
129A*				
130				130 老弱動物趕走了強盜
130A				
130B				
130C				
130D*				
131				
132				
132*				
133*				
134*				
135*				
135A*				
135B*				
135C*				
136				
136A*				
136B*				
137				
137*				
				◎138 水牛塗泥鬥猛虎

150－199 人和野獸			
150			150 狐狸的忠告（捉到了狐狸不要放）
150*			
150A*			
151			151 人教野獸拉提琴
152			
152A*			
152B*			
153			
154			154 恩將仇報人對狐
154*			
155		15.中山狼	155 忘恩負義的蛇再度被捉	155 忘恩獸再入牢籠（中山狼）
			◎155A 忘恩負義的狼吃掉救命恩人	
156		17. 老虎報恩（part）	156 獅爪上拔刺（安周克利斯 Androcles 和獅子）	156 老虎求醫並報恩
156A				156A 猛虎感恩常隨侍
				#156B 虎求助產並報恩
				※156D 虎盡子責養寡母
		17.老虎報恩（part）		◎156E 老虎報恩 搶親做媒
156*				
156A*				
156B*		17 老虎報恩（part）	156B* 女人做蛇的助產士	156B*（女人做蛇的助產士）→156B
156C*				
			◎156D*老虎重義氣	156D*（老虎重義氣）→156D
157			157 學習怕人	157 對人防著點（學習怕人）

157A				157A 老虎與人比本事
			◎157B 人會用火	
157***				
157B*				
157C*				
157D*				
158				
159				
159A				
			◎159A₁ 老虎吞下燒紅的鐵	159A.1 老虎吞下燒紅的鐵塊
				◎159A.2 老虎誤含火槍管
159B				
159*				
160				160 感恩的動物；忘恩的人	160 報恩的動物和忘恩的人
160A				
160*				160*女人欺瞞熊	
160**				
160***				
160A*				160A*鷸蚌相爭	160A*（鷸蚌相爭）→290
160B*				
161				
161*				
161A*				
161B*				
162				
162*				162*人處罰狼	162*（人處罰狼）→162B
				#162B 弄倒樹卻壓了自己

162A*			
163			
163*			
			#163A 動物爲人趕蒼蠅
163A*			163A*（動物爲人趕蒼蠅）→163A
163B*			
163C*			
164*			
164A*			
165			
165*			
165A*			
165B*			
166*			
166A*			
166B*			
166B$_1$*			
166B$_2$*			
166B$_3$*			
166B$_4$*			
167*			
167A*			
168			
168A			
169*			
169A*			
169B*			
169C*			
169D*			
169E*			
169F*			

169G*				
169H*				
169J*				
169K*				
169L*				
170				
170A				
171A*				
171B*				
172A*				
173				※173 人多要了牲畜的壽命
175			175 黏娃兒和兔子	175 黏娃娃抓兔子
176				
176*				
				#176A 猴子學人上了當
				◎176B 人唬走了老虎
176**				
			◎176A*人以智勝猴	176A*（人以智勝猴）→176A
177	24.怕漏型	10.怕漏	177 賊和老虎	177 不怕老虎只怕漏
178				
178A			178A 主人和狗	178A（主人和狗）→286A
178B			178B 義犬作抵	178B（義犬作抵）→286B
179			179 熊在他耳邊悄悄說了些什麼？	179 熊說了些什麼
179*				
179A*				
179B*				
180				
181			181 人洩露了老虎的秘密	181 人洩露了老虎的秘密

182				
183*				
200－219 家畜				
200				
		6.貓和老鼠	◎200*貓的權利	200*（貓的權利）→110A
200A				
		12.貓和狗結仇 13.樂於助人的動物：貓和狗（part）	◎200A₁ 狗上貓的當	200A.1 狗上貓的當
200B				
200B*				
200C*				
200D*				
200E*				
201				
201A*				
201B*				
201C*				
201D*				
				#201E 義犬捨命救主
201E*			201E*義犬捨命救主	201E*（義犬捨命救主）→201E
			◎201F*義犬衛主，爲主復仇	
				◎201G 義犬救護幼兒
202				
203				
203A*				
204				
206				
207				
207A				

207B				
207C				
207A*				
208*				
210	18.老虎精型	14.肯幫忙的動物（母雞和公雞）	210 公雞、母雞、鴨子、別針和針一齊旅行	210 弱小聯合克強敵
210*				
211			211 兩頭驢子	211 兩頭驢子（駄鹽的驢子）
211*				
211**				
211A*				
211B*				
212				
212*				
214				
214A				
214B			214B 身披獅皮的驢子一聲大叫，現出原形	214B 驢披獅皮難仿聲
214*				
			◎214B* 身披僞裝冒充爲王的動物丟臉	
217			217 貓和蠟燭	
217*				
218*				
218A*				
218B*				
219*				
219A*				
219B*				
219C*				
219D*				
219E*				

219F*			
219G*			
220－249 禽鳥類			
220		220 群鳥大會	
220A		220A 烏鴉跋扈，老鷹審判	
		◎220B 烏鴉和老鷹的戰爭	
221		221 選舉鳥王	221 選舉鳥王
221A			
221B			
			◎221C 誰先看到日出誰稱王
			◎221D 誰能抓物飛得快且高
222			222 禽鳥和走獸的戰爭
222A		222A 蝙蝠在鳥獸之戰當中	222A 蝙蝠取巧被排斥
222B		222B 老鼠和麻雀的戰爭	
		◎222C 小人和鶴	
222A*			
222B*			
223		223 鳥和獸做朋友	
223			
224*		224*烏鴉婚禮借羽毛	
225		225 鶴教狐狸飛	
225A		225A 烏龜讓老鷹帶著自己飛	225A 飛鳥把烏龜帶上了高空
226			
227			227 群鵝禱告為求援
227*			
228			

229				
229A*				
229B*				
230				
230*				
230**				
230A*				
230B*				
231			231 蒼鷺（鶴）運魚	231 鷺鷥運魚
231*				
231**				
232				
				#232A 烏鴉被塗成了黑色
232A*			232A*烏鴉濺污了天鵝	232A*（烏鴉濺污了天鵝）→232A
232B*				
232C*				
				#232D 烏鴉智喝瓶中水
232D*				232D*（烏鴉智喝瓶中水）→232D
233				
233A				
233B			233B 鳥兒帶著網飛走	
233C				
234			234 夜鶯和蜥蜴	
		91.植物互換居處	◎234A 兩種植物調換住處	
234A*				
234B*				
235			235 鰹鳥借用杜鵑的毛	235 鳥借羽毛不肯還
		1.雞和龍	◎235A 動物向鳥（或別的動物）借角或別的東西	235A 公雞失角

235A*			
235B*			
235C*			
236			
236*		236*其他模傷鳥鳴的故事	
237			
238			
239		239 烏鴉幫助鹿逃出陷阱	239 小鳥助鹿出陷阱
			◎239A 禽鳥裝死脫牢籠
240			
240A			
240*			
240A*			
241			
241*			
242			
242B*			
242C*			
243	9.鳥報仇	243 鸚鵡裝上帝	243 鸚鵡裝城隍
243A			
243*			
243A*			
243B*			
244		244 烏鴉借羽毛	244 醜鳥忘本失彩羽
244**			
244***			
244A*		244A*鶴向蒼鷺求愛	
244B*			
244C*			
244D*			

245			245 家禽和野鳥	
245*				
246				
246*				
			◎246A*黃雀伺蟬	
247				
247*				
247A*				
247B*				
247B**				
247B***				
248				248 麻雀替狗報仇
248A			248A 象和雲雀	248A 烏鴉替雲雀報仇（象和雲雀）
248A*				
249				
249*				
249**				
250－274 魚類				
250				250 魚蝦跳龍門
250A			250A 比目魚的歪嘴	250A 比目魚的歪嘴
				◎250B 鯨魚和海參的比賽
252				
253				
253*				
254*				
254**				
				◎255 鱔魚挑撥生是非
275－299 其他				
275			275 狐狸和蝍蛄賽跑	275 狐狸和青蛙賽跑（比跳遠跳高）

275A		275A 龜兔賽跑	275A 龜兔賽跑
275A*			
275B*			
275C*			
			#275D 蝸牛和老虎在泥淖中賽跑
		◎275D*蝸牛（青蛙）和老虎在泥中賽跑	275D*（蝸牛和老虎在泥中賽跑）→275D
			◎275E 其他各種動物之賽跑
276			276 螃蟹教子學走路
	2.蟹和牛	◎276A 螃蟹欺騙了母牛（或水牛）	276A 螃蟹欺牛被踩扁
276*			
276**			
277			
277A		277A 青蛙妄想像牛那樣大	
			◎277A.1 青蛙要比誰的喊聲響
		◎277*破了肚皮的青蛙	
278			
278A			
		◎278B 坐井觀天	278B 井底之蛙
278A*			
278B*			
278C*			
278D*			
279*			
280			
280A			
281			
			#281A 小昆蟲擊敗大動物

281A*			281A*水牛和蚊蚋	281A*（水牛的蚊蚋）→281A
282*				
282A*				
282B*				
282C*			282C*虱子招待跳蚤	
283				
283A*				
283B*				
283C*				
283D*				
283E*				
283F*				
283G*				
				◎284 獸借頭角不肯還
				◎284A 老鼠借牙不肯還
				◎284B 蝦子借眼
				◎284C 動物交換肢體或器官
285				
285A				
285B				
285C				
285D	35.蛇吞象型	19.蛇吞象	285D 蛇拒絕復交	285D 人心不足蛇吞象（相）
				◎285E 有緣千里來相會
285A*				
285B*				
286*				
				※286A 家畜護主被誤殺

				◎286A.1 禽鳥救人反被殺
				※286B 義犬盡職被誤殺
287**				
288A*				
288B*				
288C*				
289				
				※290 鷸蚌相爭
291				
			◎291A 猴子和蜻蜓打仗	291A 猴子和蜻蜓打仗
291*				
292				
292*				
293			293 肚子和人體其他的器官爭大	293 人體器官爭功勞
			◎293A 身體兩個部分不和	293A 身體的兩個部份不和
			◎293B 茶和酒爭大	
				◎293C 樹幹樹葉爭功勞
293A*				
293B*				
293C*				
293D*				
293E*				
293F*				
293G*				
294				
295				295 蠶豆笑破了肚
			◎295*甲蟲、稻草和羊毛	

297			
297A			
297B		297B 蘑菇的戰爭	
		◎ 297C 昆蟲類的戰爭：蚊子、蜘蛛、蜜蜂、蜥蜴等	
298			298 風和太陽的比賽
298A			
			#298C 蘆葦順風而彎
298A*			
298B*			
298C*		298C*蘆葦迎風而彎	298C*（蘆葦迎風而彎）→298C
		◎298C₁*無用的植物能保身	
298D*			
二、一般民間故事 300－1199			
甲、300－749 幻想故事			
神奇的對手（300－399）			
300		98.吃人的蛇(a)	300 屠龍者	300 屠龍救人犧
300A			
300B			
300*			
300A*			
301	3.雲中落繡鞋型	122.雲中落繡鞋	301 三個公主遇難	301 雲中落繡鞋
301A			301A 尋找失蹤的公主	301A 妖洞救美
301B			301B 大漢、伙伴與尋找失蹤的公主	301B（壯漢和伙伴尋找失蹤的公主）→513
			◎301F 尋寶	
			◎301G 桃太郎	301G 桃太郎
301B*			
301C*			

301D*				
302			302 食人妖（魔鬼）的心在蛋裡	302 把心臟藏在蛋裡的妖魔
302A				
302B			302B 英雄的生命和劍不能分開	
302A*				
302B*				
303			303 孿生兄弟或親兄弟	303 孿生兄弟歷險記
303A				
304			304 獵人	304 獵人和巨人的舌頭
304*				
305				
306				306 跳舞跳破的鞋子
306A				
307				
307A*				
307B*				
307C*				
308*				
308**				
310			310 塔裡的少女	310 長髮爲梯成姻緣
			◎310A 雲南民族文學資料第二輯	
311			311 妹妹救姐姐	311 三姐妹脫困
311A*				
311B*				
312				
312A			312A 虎穴救妹	
312B				
312C				
312D			312D 龍口救兄妹	312D 妖洞救兄姐

	27.猴娃娘型	118.蜜蜂做媒 119.（猴兒娘）	◎312A*母親（或兄弟）入猴穴救女	312A*（母親入猴穴救閨女）→312A.1
				※312A.1 母親猴穴救閨女
313, 314				
313				313 少女奇術助脫逃
313A		46.妖婆的女兒	313A 女孩助英雄脫險	313A 父女鬥法救郎君
			◎313A₁ 英雄和神女	
313B				
313C			313C 遺忘了的未婚妻	
313*				
313**				
313***				
313D*				
313E*				
313F*				
313G*				
313H*			313H*逃開女巫	
313J*				
314			314 青年變馬	
314A			314A 牧童和三巨人	
314*				
314**				
314A*				
314B*				
315			315 不義的姐妹	
315A			315A 吃人的姐妹	
316				316 池中水妖
317				
317A*				
318				
319A*				

319B*			
321			
321*			
322*			
325		325 術士和弟子	325 術士和弟子
	189.神奇的追逐	◎325A 兩術士鬥法	325A 術士鬥法
325*			
325**			
326		326 青年要學習害怕	326 要學習害怕的人
326*			
326A*			
326B*			
326C*			
326D*			
	124.妖窟	◎326E* 藐視鬼屋裡妖怪的勇士	326E*（藐視鬼屋裡妖怪的勇士）→745B
327		327 孩子們和吃人的妖精	327 孩子和吃人的妖怪
327A	200a.獸穴裡的孩子	327A 亨舍爾和格萊特	327A 孩子設計烤巫魔
327B		327B 矮子和巨人	
327C			
327D			
327E			
327F			
327G			
327*			
327**			
327***			
327A*			
327B*			
327D*			

328			328 男孩偷巨人的財寶	
328*				
328A*				
328B*				
329			329 和魔鬼捉迷藏	329 喜歡捉迷藏的公主
329A*				
330				330 智勝魔鬼
330A	8.彭祖型（第一式、第二式）	155.彭祖之死 156.彭祖不死	330A 鐵匠和死神	330A 計敗閻王
330B				
330C				
330D				
330*				
331			331 瓶中妖精	331 瓶中妖怪
				※331A 真假新娘（新郎）
331*				
332				332 死神教父
				332A 潑婦鬼也怕
332A*				
				#332B 上帝和死神
332B*				332B*（上帝和死神）→ 332B
332C*				
332D*				
332E*				
332F*				
332G*				
332H*				
333				333 小紅帽（剖開狼肚救女孩）
333A			333A（缺類型名稱）	
333*				

333B				
	20.老虎母親（或外婆）型	11.老虎外婆（老虎和孩子們）	◎333C 老虎外婆	333C 虎姑婆
334				
335				335 死神的使者
336				
360				360 和魔鬼的交易
361				361 人和魔鬼的雙贏
361*				
362*				
363				
365				
365A*				
365B*				
366			366 從絞刑架來的人	
366*				
367*				
368*				
368A*				
368B*				
368C*				
369			369 孝子尋父	
382*				
神奇的親屬（400－459）				
神奇的妻子（400－424）				
400			400 丈夫尋妻	400 凡夫尋仙妻
	17.牛郎型	34.天鵝處女（part）	◎400A 仙侶失踪	400A 鳥妻
		36.畫中人	◎400B 畫中女	400B 畫中女
	19.螺女型	35.田螺娘	◎400C 田螺姑娘	400C 田螺姑娘
		37.虎妻	◎400D 其他動物變的妻子	400D 動物變成的妻子

			※400D.1 植物或物品變成的妻子
400*			400*（鳥妻）→400A
401			
401A			
401A*			
402			402 動物新娘
402*			
402A*			
403		403 黑白新娘	403（黑白新娘）→509
403A			
403B			
403C			
		◎403C₁ 繼母偷天換日	403C.1（繼母偷天換日）→855A
403*			
403**			
	81. 猴子是怎麼來的	◎403A**受苦女郎，神賜美貌	403A**（受苦女郎，神仙賜美貌）→750C.1
404*			
405			
405A*			
406			
406A*			
407		407 女郎變花	407（女郎變花）→400D.1
407A			
407B			
408		408 三個橘仙	
408A*			
409			
409A			
409A*			

409B*			
410			410 睡美人
410*			
411		411 國王和女妖	411 蛇女（白蛇傳）
412		412 魂居項圈	
412A*			
412B*			
412C*			
413			
413A*			
413B*			
413C*			
422*			
424*			
神奇的丈夫（425－449）			
425			425 尋找失蹤的丈夫
425A			
425B			
425C		425C 美女和獸	425C 愛情解魔咒（美女和獸）
425D			
425E			
425F			
425G			
425H			
425J			
425K			
425L			
425M			
425N		425N 鳥丈夫	
425P			
425*			

426			426 兩個女孩、熊和侏儒	426 熊和侏儒
428				
430				430 驢王子
				◎430F 靈犬醫病娶嬌妻
		41.狗的傳說		◎430F.1 靈犬殺敵娶嬌妻
				◎430F.2 犬取穀種得嬌妻
431				431 被變成老頭的王子
431A*				
431B*				
431C*				
432				
432*				
433				
433A				
433B				
433C			433C 蛇郎和妬女	
	7.蛇郎型	31.蛇郎	◎433D 蛇郎	433D 蛇郎君
				◎433D.1 豹丈夫
434				
434*				
435*				
435A*				
437				
440			440 蛙王或鐵亨利	440 青蛙王子（蛙王或鐵亨利）
	23.蛤蟆兒子型（一、二式）	42.青蛙皇帝 43.蛤蟆兒子	◎440A 神蛙丈夫	440A 青蛙娶妻
441				441 刺蝟丈夫
442				442 被變成大樹的王子

444*			
444A*			
444B*			
444C*			
444D*			
444E*			
445*			
449			
		◎449A 旅客變驢	449A（旅客變驢）→733
450			450 姐弟倆
450A			
451			451 公主沉默救兄長
451A			
451*			
452A*			
452B*			
452C*			
452D*			
454*			
455*			
459			
奇異的難題（460－499）			
疑問獲解（460－462）			
460A			460A 事出有因　難題可解
460B			460B 難題雖解　好運不來
461		125.問佛 192.窮漢娶妻（b, d）	461 三根魔鬚	461 尋寶聘妻
461A	22.求活佛型	125.問佛	461A 西方問佛：問三不問四	461A 西天問活佛　問三不問四
462			462 廢后與妖后	

其它難題（463－499）			
463A*			
463B*			
465	40.孝子得妻型	465 妻子慧美，丈夫遭殃	465 神奇妻子美而慧老實丈夫受刁難
465A		465A 尋找"無名"	
	33.百鳥衣型	195 百鳥衣	◎465A₁百鳥衣	465A.1（百鳥衣）→742
465B			
465C		465C 上天入地	465C 天宮娶天女
465D		465D 獸兄獸弟助陣	
			◎ 465E 青年來求婚女父出難題
465A*			
465B*			
466*			
466**			
466A*			
467		467 尋索奇花異寶	
468			
470		470 生死之交	470（生死友人互訪）→844A
470A			
470B			
470*			470*（遊歷仙境娶仙女）→844B
471		471 奈河橋	
471A		103.仙鄉淹留、光陰飛逝(a, b, c, g)	471A 和尚與鳥	471A（和尚與鳥）→844A
		145.探陰間 II	◎471B 老父陰曹尋子	
471*			
471A*			
473			

475				475 魔鬼出的難題
475*				
476*				
480			480 泉旁織女	480（泉旁織女）→747B
		63.神奇寶物（part）	◎480D 仁慈少婦和魔鞭	480D（仁慈的少婦和魔鞭）→565A
	10.燕子報恩	22.神報恩 24.燕子報恩(a)	◎480F 善與惡的弟兄（婦女）和感恩的鳥	480F（善與惡的弟兄和感恩的鳥）→747
480*				
480A*				
480B*				
480C*				
485				
485A*				
485B*				
神奇的幫助者（500－559）				
500			500 猜名字	500 小矮人的名字
500*				
501				501 三個紡紗婦
野人和精怪的幫助（502－504）				
502			502 野人	502 野人和金髮王子
503			503 小仙的禮物	503（小仙的禮物）→747A
		16.狗耕田型	30.狗耕田	◎503E 狗耕田	503E（狗耕田）→542
		29.賣香屁	◎503M 賣香屁	503M（賣香屁）→715B
503*				
505				
			◎505A 死屍和棺材	
			◎505B*葬人者得好報	
506			506 公主得救	
506A				
506B				

506*			
506**			
507A		507A 妖怪的新娘	
507B			
507C		507C 蛇女	
508			
508*			
各種神奇的幫助者（509－529）			
			※509 誰是眞正的妻子
510		510 灰姑娘和粗草帽	
510A	32.灰姑娘	510A 灰姑娘	510A 灰姑娘
510B		510B 金袍、銀袍和星袍	510B（金袍、銀袍和星袍）→743
510A*			
511		511 一只眼，兩只眼，三只眼	511 結金果實的奇樹（一隻　眼、兩隻眼、三隻眼）
511A		511A 小紅牛	
511A*			
	83.鳥的來歷 I（w, x, y, z, be, bh）	◎511B*異母兄弟和炒過的種子	511B*（異母兄弟和炒過的種子）→939A.1
		◎511C*金銀樹	
512*			
512A*			
512B*			
513, 514			
513		513 超凡的好漢弟兄	513 奇能異士來相助（超凡的好漢弟兄）
513A			
513B		513B 陸地行舟	
513C		513C 獵人之子	
513C*			

514				
514*				
514**				
515				
515*				
516			516 誠實的約翰	516 變成石像的僕人
516A				
516B			516B 公主落難	
516C				
517				
518			518 群魔爭法寶	518（群魔爭法寶）→ 1144A
518*				
519			519 大力新娘	
520*				
524*				

動物的幫助（530－559）

530				
530A				
530B*				
531			531 真假費迪南	531 神奇的白馬（真假費迪南）
532				
532*				
533			533 能言馬頭	533 會說話的馬頭
533*				
534				
534*				
535			535 虎的養子	535（虎的養子）
536*				
537				
540				

541*			
			※542 狗耕田
			◎542A 貓唱歌
			※543 蜘蛛鳥雀掩逃亡（蛛網救人）
			※543A 魚龜成橋助逃亡
545		545 貓當幫手	
545A			
545B		545B 穿靴子的貓	
545C*			
545D*			
545E*			
546		546 聰明的鸚鵡	
550		550 找金鳥	550 狐狸幫忙找金鳥
550A			
			◎55OB 慎言又有禮動物也歡喜
551		551 子為父（母）找仙藥	551 子為父母找仙藥
			◎551A 兒子為母尋織錦
551*			
551**		551**三兄弟尋寶	
552			
552A		552A 三個動物連襟	
552B		552B 獸婿和仙食	
553			
554	16.動物報恩	554 感恩的動物	554 動物感恩來幫忙
554*			
554A*			
554B*			

554C*				
				#554D 蜈蚣救主
	1.蜈蚣報恩型	18.蛇報恩	◎554D*蜈蚣救主	554D*（蜈蚣救主）→554D
555			555 漁夫和妻子	555 漁夫和妻子（貪心不足一場空）
	25.人為財死型	26.太陽國	◎555A 太陽國	555A 太陽國
			◎555B 含金石像	555B（含金石像）→596
		63. 神奇寶物(part)	◎555C 聚寶盆和源源不絕的父親	555C（聚寶盆和源源不絕的父親）→597
				#555D 龍宮得寶或娶妻
	4.求如願型	39.海龍王滿足願望(part)	◎555* 感恩的龍公子（公主）	555*（感恩的龍公主）→555D
556A*				
556B*				
556C*				
556D*				
556E*				
556F*				
559				

神奇的寶物（560－649）

560	6.貓狗報恩型	13.樂於助人的動物：貓和狗（part)	560 寶貝戒指	560 寶石戒指
				#560C 吐金玩偶
560A*				
560B*				
560C*			560C*吐金玩偶，失而復返	560C*（吐金玩偶，失而復返）→560C
561			561 阿拉丁	
562				562 神燈
563			563 桌子、驢子和棍子	563 桌子、驢子和棍子（使偷竊者歸還寶物）
564				564 兩隻袋子（使強奪者歸還寶物）

565		63.神奇寶物（part）	565 仙磨	565 仙磨（海水為什麼是鹹的）
				※565A 仁慈的少婦與魔鞭
566		64.隱身帽（part） 196.紅李子和白李子	566 三件法寶和仙果	566 三件寶物和仙果
567			567 寶鳥心	567 神鳥之心
567A			567A 寶鳥心和兄弟分離	567A 神鳥之心和分離的兄弟
569				569 背包、帽子和號角（連騙帶搶得來的寶物）
570			570 牧兔童	
570A				
570A*				
570B*				
571			571 黏在一起	571 金鵝（黏在一起的隊伍）
571A				
571B				
571C				
572*				
572**				
573*				
574*				
575			575 有翅王子	
576				
				#576F 隱身帽
576B*				
576C*				
576D*				
576E*				
		64.隱身帽	◎576F*隱身帽	576F*（隱身帽）→576F
577				

580			
580*			
581			
581*			
585			585 助人姻緣的紡錘、梭子和縫衣針
590			
590A			
590*			
591			
591*			
592			592 荊棘中舞蹈	592 魔笛（在荊棘中跳舞）
		◎592*險避魔箭	592*（險避魔箭）→592B
			#592B 神箭早發
			#592A 樂人和龍王
	34.吹簫型（第一式）	40.龍宮吹笛	◎592A*樂人和龍王	592A*（樂人和龍王）→592A
			#592A.1 煮海寶
		39.海龍王滿足願望(part)	◎592A₁*煮海寶	592A.1*（煮海寶）→592A.1
593			
594*			
594**			
595A*			
595B*			
595C*			
			※596 含金石像
			※597 聚寶盆
			※598 不忠的兄弟和百呼百應的寶貝
			◎598A 猴子抬瓜誤抬人 以為瓜爛拋山谷

				◎599 開啓寶山的鑰匙
神奇的藥方（610－619）				
610				610 能治病的水果
611			611 侏儒的禮物	
611*				
612			612 三片蛇葉	612 三片蛇葉
612A				
612*				
613	5.偷聽話型	28.動物對話	613 二人行	613 精怪大意洩秘方（二人行）
		27.猴洞	◎613A 不忠的兄弟（同伴）和百呼百應的寶貝	613A（不忠的兄弟和百呼百應的寶貝）→598
613*				
613A*				
613B*				
613C*				
614*				
619*				
620				
621				
622				
奇異的能力和知識（650－699）				
650A^1			650A$_1$ 神力勇士	650A.1 神力勇士
650B^1			650B$_1$ 尋索壯漢爲侶	
650C				
650*				
650**				
650***				
650B*				
651*				
652				652 心想事成
652A				

653	9.十個怪孩子型	208.十個兄弟	653 才藝高強的四兄弟	653 兄弟皆好漢（才藝高強的四兄弟）
653A			653A 稀世奇珍	
653B			653B 少女復蘇	
653*				
654			654 三兄弟	654 神乎其技三兄弟
			◎654*自命不凡的兄弟	
				◎654A 快手女配快手男
654A*				
654B*				
655			655 聰明的弟兄	
655A				
656*				
660				660 三個誤換器官的醫生
664*				
664A*				
664B*				
665				
666*				
667				
670			670 動物的語言	670 動物的語言
670A				670A 聽懂禽獸言　洩密救眾人
670B*				
671			671 三種語言	671 禽言獸語好事多（三種語言）
671*				
671B*				
671C*				
671D*				
671E*				
671F*				

671G*			
672			
672A			
672B			
672C			
672D		672D 蛇液石	
672A*			
672B*			
672C*			
672D*			
673		673 白蛇肉	673 禽言獸語解困厄（白蛇肉）
	8.懂鳥語的人		◎673A 聽得懂鳥語的人（公冶長的故事）
674			
675			
675*			
676	169.回回採寶（part） 170.芝麻，開門	676 開洞口訣	676 開啟寶藏的口訣
677			
677*			
678		678 王魂鸚鵡	
681		681 瞬息京華	681（瞬息京華）→725A
		◎681A 夢或眞	
		◎681B 夫妻同夢	
其它神奇故事（700－749）			
700		700 拇指湯姆	700 小不點兒（拇指湯姆）
701			
702A*			
702B*			
703*			
704		704 嬌嫩公主（豌豆上的公主）	

705			
706			706 無手少女
706A			
706B			
706C			
707		33.變形男孩	707 三個金兒子	707 狸貓換太子（三個金兒子）
707A			
707A*			
707B*			
708			
708A*			
709		709 白雪公主	709 白雪公主
709A			
710			710 聖母瑪利亞的孩子
711			
712			
713			
713*			
713A*			
			◎714 蠶王
715			715 半隻公雞去討債
715A			
			※715B 賣香屁
716*			
717*			
720		720 媽媽殺我，爸爸吃我、杜松樹	720 變鳥復仇的男孩（媽媽殺我，爸爸吃我，杜松樹）
			◎720A 兄妹鳥
722*			
723*			
725			

725*			
			※725A 黃粱夢（瞬息京華）
725**			
726			
726*			
726**			
727*			
728*			
729	20.砍柴的人	729 斧頭落水	729 冒認落水斧
			※733 旅客變驢
			※734 國王驢耳
735			
735A			
735*			
735B*			
735C*			
736			
736A		736A 魚腹藏指環	
737			
737A*			
737B*		737B*幸運的妻子	
			#738 蛇鬥
738*		738*蛇鬥	738*（蛇鬥）→738
739*			
740*			
740**			
741*			
			※742 百鳥衣
			◎742A 仙妻伴許交換色狼人財兩空

				※743 千獸裘（金袍、銀袍和星袍）
745				
745A		124.妖窟（part） 175.孩子的寶藏	745A 命中注定的財寶	745A 財各有主命中定（命中注定的財寶）
			◎745A₁命中注定貧窮	
				※745B 荒屋得寶
		205.躲債	◎745* 負債人同病相憐，雙雙得救	745*（負債人同病相憐雙雙得救）→948
746*				
				※747 善心人和感恩鳥
				※747A 精怪摘瘤又還瘤（小仙的禮物）
				※747B 泉旁紡紗女
748*				
		82.魚的來歷 II 211.韓朋 212.祝英台		749A 生雖不能聚死後不分離
				※749B 相戀不得見人死心不死

乙、750－849宗教神仙故事

神的賞罰（因果報應）（750－779）

				#750 施者有福
750A		111.三個願望	750A 願望	750A 三個願望
750B			750B 好施者得到報答	
			◎750B₁ 用有神力的布報答好施者	
				※750B.2 窮秀才年關救窮人
750C				
				※750C.1 受苦善心女神仙賜美貌
				◎750C.2 勤勞善心女神仙賜財寶

750D				
		108.仙人回報（f, g, z）	◎750D₁ 用取不完的酒報答好施者	750D.1 井水變成酒 還嫌無酒糟
750*			750*好施者有福	750*（好施者有福）→ 750
750**				
750***				
750****				
750E*				
750F*				
750G*				
750H*				
751			751 貪婪的農婦	
751A			751A 農婦變成了啄木鳥	751A 修行婆變鵝（農婦變成了啄木鳥）
751B				
				◎751B.1 私心造橋人變驢
		62.米泉		◎751F 出米洞
751A*				
751B*				
751C*			751C*富則驕	
751D*				
752A				
752B				
752C				
752C*				
753				753 使人返老還童的爐火
753A				
753*				
754		204 快樂的窮人	754 快樂的修道士	754（快樂的修道士）→ 989A
754*				

754**			
754***			
755			
756		186.建廟的奇迹 II	756 三根青嫩枝	
756A			
756B			
756C			
756C*			
756D*			
756E*			
756F*			
757			
758				758 夏娃的孩子們
758A			
759			
759A			
759B			
759C			
759*			
760			
760*			
760A*			
761				761 惡地主變馬消罪孽
		131.十八羅漢的來歷	◎761A 前世有罪孽投胎爲畜生	
761*			
762			
763		148.三個強盜	763 尋寶者相互謀害	763（尋寶者相互謀害）→969
763*			
764			
765			

765A*			
765B*			
766			
766*			
767			
768			
769			
769*			
770			
		◎770A（觀音菩薩）保護無辜	
771*			
772*			
773*			
773**			
774			
774A			
774B			
774C			
774D			
774E			
774F			
774G			
774H			
774J			
774K			
774L			
774M			
774N			
774P			
775			775 米達斯短視的願望	775 碰到什麼都成金（米達斯短視的願望）

			◎775A 點金指頭	775A 金手指
775*				
775A*				
	2.水鬼與漁夫型			◎776 落水鬼仁念放替身
	2.水鬼與漁夫型	132.漁夫和淹死鬼		◎776A 漁夫義勇救替身
777				
778				
778*				
779				
				◎779D 天雷獎善懲惡媳
				◎779D.1 惡媳變為鳥
				◎779D.2 惡媳變烏龜
				◎779E 涼水加糠有功德
779A*				
779B*				
779C*				
眞相大白（780－789）				
780			780 會唱歌的骨頭	780 會唱歌的笛子（烏盆記）
780A				
780B				
780C				
	34.吹簫型（第二式）	157.不見黃河心不死	◎780D*歌唱的心	780D*（歌唱的心）→749B
781				
782			782 米達斯王和驢耳朵	782（米達斯國王的驢耳朵）→734
				◎784 陰錯陽差訛爲神
785			785 誰吃了羔羔的心？	785 誰吃了羔羊的心

785A			785A 獨腳鵝
788			
790*			
791			
791*			
795			
796*			
797*			
800			800 天堂裡的裁縫
800A			
801			801 在天堂裡挑剔批評的人
802			802 財主進天堂
802A*			
802B*			
802C*			
803			
804		89.蘿蔔 I（ATT(d)情節）	804 彼得的母親從天上掉下來
804A			
804B			
804B*			
805			
808			
808A			
809*			
809**			
		◎809A*一件善事使人富貴	
810			810 和魔鬼耍賴
810A			
810A*			

810B*				
811				
811A*				
811B*				
811C*				
812				812 魔鬼的謎語
812*				
813				
813A				
813B				
813C				
813*				
其它宗教神仙故事（815－849）				
815				
815*				
816*				
817*				
818*				
819*				
820				
820A				
820B				
821				
821A				
821B				821B 熟了的雞蛋生小雞	821B（煮熟了的雞蛋生小雞）→920A
821A*				
821B*				
822				
822*				
823*				
823A*				

824				
825			825 諾亞方舟中的魔鬼	
825*				
				#825A 陸沉的故事
		47.洪水 1	◎825A*懷疑的人促使預言中的洪水到來	825A*（懷疑的人促使預言中的洪水到來）→825A
826				
827				
828				828（人多要了牲畜的壽命）→173
				※829 有求必應（各人祈求的天氣不同，女神盡皆賜予）
		104.增壽		※829A 神仙應請增人壽（如何避免命中注定的死亡）
		129 廟裡的鼓		◎829B 人若有理神也服 寺廟不用牛皮鼓
830				
830A				
830B				
830C				
830C*				
831			831 不誠實的僧侶	
				◎831A 神仙難醫脅箕脹
832				
832*				
833*				
834			834 窮兄弟的財寶	834 貪心不足金變水
834A		176.蛇罐	834A 一罈金子和一罈蠍子	834A 無福之人金變蛇
835*				
835A*				
836			836 驕傲受到懲罰	

836A*			
836B*			
836C*			
836D*			
836E*			
836F*			
837		837 惡毒的主人如何受懲罰	
838		838 教養無方	838（教養無方）→996
839			
839A*			
839B*			
840			
840A*			
840B*			
841			
		◎841A*乞丐不知有黃金	841A*（乞丐不知有黃金）→947A
842		842 把財富踢開的人	842 命中無財莫強求 財富不到懶人手
842A*			
842B*			
842C*			
843*			
844			844（帶來好運的襯衣）→989C
			※844A 仙境一日 人間千年
			※844B 仙境遇艷不知年
			◎844C 龍宮歲月非人間（浦島太郎）
845			

845*			
846			
846*			
847*			
848*			
849*			
丙、850－999 生活故事			
選女婿和嫁女兒的故事（850－869）			
850			850 公主的胎記
850*			
850**			
851			851 猜不出謎語的公主	851 猜不出謎語的公主
851A			851A 都浪多	851A 出謎給人猜的公主
				#851A.1 對求婚者的考試
				◎851A.2 不說話的公主
				#851B 選努力及時完成工作者為婿
				#851C 賽詩求婚
				◎851D 妙計選婿
				※851D.1 少女偽死測真情
			◎851A*對向公主求婚者的考試	851A*（對向公主求婚者的考試）→851A.1
			◎851B*決心去做似乎做不到的事或者冒生命危險作為結婚先決條件	851B*（決心去做似乎做不到的事或者冒生命危險作為結婚先決條件）→851B
	37.擇婿型	29.擇偶 II	◎851C*賽詩求婚	851C*（賽詩求婚）→851C
852			852 英雄迫使公主說出：「這是謊話」	852 說個謊話娶嬌妻
853				

853A				
854				
855			855 更換新郎	855 假新郎成眞丈夫
				※855A 換新娘弄巧成拙
856			856 和一個假冒的男人私奔的姑娘	
858				
859				
859A				
859B				
859C				
859D				
860				
860A*				
860B*				
861				
862				
娶親和巧媳婦的故事（870－879）				
870				
870A				870A 村姑嫁王子　夢想竟成眞
				◎870A.1 假新娘成眞妻子
870A*				
870B*				
870C*				
870D*				
871				
871A				
871*				
872*				
873				
873*				

874				
874*				
875		S.28.聰明的女人 II：完美的回答	875 聰明的農家姑娘	875 巧女妙解兩難之題
875A				
875B				
875B$_1$			875B$_1$ 公牛的奶	875B.1 姑娘巧解公牛奶 （以不合理喻不合理）
875B$_2$				
875B$_3$				
875B$_4$				
			◎875B$_5$ 聰明的姑娘給對方出別的難題	875B.5 巧姑娘以難制難
				◎875B.6 巧女妙智解難題
875C				
875D		S.28.聰明的女人 III：她做衣服	875D 在旅途終點遇到的聰明姑娘	875D 巧媳婦妙解隱喻
		S.28.聰明的女人 X：被猜中的謎 S.28.聰明的女人 III：她做衣服	◎875D$_1$ 找一個聰明的姑娘做媳婦	875D.1 巧姑娘妙解隱謎
		S.28.聰明的女人 XI：圖畫信	◎875D$_2$ 巧婦解釋重要的來信	875D.2 巧媳婦妙悟或妙寄家書
875D*				
875E				
		S.28.聰明的女人 VI：名字禁忌	◎875F 避諱	875F 巧媳婦避諱
876		S.28.聰明的女人 II：完美的回答	876 聰明的侍女與求婚者們	876 巧媳婦妙對無理問
				◎876A 巧女解答大問題
				#876B 姑娘詩歌笑眾人
876A*				
		S.28.聰明的女人 VII（part）：拒絕 S.28.聰明的女人 VIII：賽詩	◎876B*聰明的姑娘在對歌中取勝	876B*（聰明的姑娘在對歌中取勝）→876B

		S.28.聰明的女人：拒絕 VII（part）	◎876C*聰明的姑娘幫弟弟做功課	
			◎876D*巧婦思春	
877				
877*				
879				
879A				
879A*				
879A**				
879B*				
879C*			879C*巧女使兄弟免遭監禁	
879D*				
879E*				
879F*				
戀人之忠貞和友人之真誠的故事（880－899）				
880				
880*				880*（賭徒的妻子）→880A
				#880A 賭徒的妻子
881				
881A			881A 被遺棄的新娘化裝爲男人	
			◎881B 王子化裝姑娘	
881*				
881**				
			◎881A*夫妻離散各執信物終得團圓	
882			882 對妻子的貞潔打賭	
882A*				882A*（紡車旁的求愛者）→1444
882B*				

			◎882C*丈夫考驗貞潔	
883A			883A 遭受誹謗的無辜少女	
883B				
883C				
883C*				
883D*				
884			884 被遺棄的未婚妻當佣人	884 化裝成佣人的妻子（未婚妻）
884A				
			◎884A₁ 一個姑娘化裝成男人和公主結婚	
884B			884B 女子從軍	884B（女子從軍）→985B
884A*				
884B*				
885				
885A			885A 好像死去的人	
			◎885B 忠貞的戀人自殺	885B 戀人殉情
885**				
886				
887				
887A*				
888			888 忠實的妻子	
888A				
				#888C 貞節婦為夫復仇（孟姜女）
888*				
888A*				
888B*				
		82.魚的來歷 II 210.孟姜女	◎888C*貞妻為丈夫復仇	888C*（貞妻為夫復仇）→888C

889			889 忠誠的僕人
			◎889A 忠心的妓女
890			
890*			
890A*			
891			
891A			
891A*			
891B*			
891C*			
892			
893			893 酒肉朋友（殺狗勸夫）
	203.富人與窮人	◎893*秘密的慈善行為	893*（秘密的慈善行為）→893A
			#893A 至友報恩不明言
			◎893B 避嫌疑的救濟方法
894			
896		896 好色的「聖人」和箱子裡的女郎	896（好色的「聖人」和箱子裡的女郎）→986A
897			
898			
898*			
899			
899*			
899A*			
899B*			
899C*			
899D*			
899E*			
899F*			
900		900 畫眉嘴（thrushbeard）國王	900 畫眉嘴國王

900A				
900A*				
900B*				
901			901 馴服潑婦	
901A*				
901B*				
901C*				
			◎901D*潑辣妻子被嚇壞而且改正過來了	
902*				
902A*				
903A*				
903B*				
903C*				
904*				
				#905A 被更換環境的闊太太
905A*				905A*（被更換環境的闊太太）→905A
906*				
907*				
有用的話（910－915）				
910	42.三句好話型		910 買來的或者別人提供的警言證明是正確的	910 所得預警皆應驗
910A				910A 來自經驗的勸告（盛怒之時勿衝動）
910B			910B 僕人的忠告	
910C			910C 三思而後行	
910D				
910E			910E 父親的忠告人	910E 父親的遺言——田裡埋了銀子
910F			910F 爭吵的兒子和一把筷子	910F 團結力量大

910G				
910H				
910J				
910K			910K 誡言和尤利亞式的信	910K 謹守誡言　躲過送死陷阱
			◎910*飢餓是最好的調料	910*（饑餓是最好的調料）→991
			◎910A*金錢並非萬能	910A*（金錢並非萬能）→989B
			◎910B*誠心的勸告	
911*			911*父親臨終時的忠告	
			◎911A*老人和山	
915				
915A	32.三句遺囑型	200.三句遺囑		915A 被誤解的箴言
916			916 警衛國王寢室的兄弟們和蛇	916 國王寢室的警衛和毒蛇
聰明的言行（920－929）				
920				920 小百姓妙解兩難之題
920A				920A 男童巧喻熟蛋孵雞（以不合理喻不合理）
				※920A.1 小男童以難制難
				◎920A.2 男童妙解隱謎
				◎920A.3 男童妙對無理問
				◎920A.4 男童巧智解難題
920B				
920C				
			◎920C₁ 用對屍體的感情來測驗愛情	920C.1（少女偽死測真情）→851D.1
920D				

920A*			
920B*			
920C*			
			◎920F 巧言避諱
921		921 國王與農民的兒子	
921A			921A 四塊錢
921B			
921C			
921D			921D 哪裡才安全
921E			921E 從來沒聽過的事
			◎921H 眼睛最大
			◎921H.1 男人女人何者多
			◎921J 小孩問答勝秀才
921B*			
921C*			
921D*			
921E*			
921F*			
921G*			
922		922 牧羊人代替牧師回答國王的問題	922 小人物解答大問題
		◎9922*熟練的手藝人或學者防止了戰爭的危機	922*（熟練的手藝人或學者防止了戰爭）→981A
922A			
			#922A.1 小女婿妙言勝連襟
	36.三女婿型	◎922A*卑微的女婿解答謎語或問題	922A*（卑微的女婿解答謎語或問題）→922A.1
922B			
		S.13.III 徐文長（打賭）10（b, c）	◎922B*智者羞辱縣官

923			923 像愛鹽那樣愛	923 像愛鹽那樣愛
923A			923A 像大熱天吹來的風	
923B	12.享夫福女兒型	193 千金小姐嫁乞丐	923B 負責主宰自己命運的公主	923B（負責主宰自己命運的公主）→943
			◎923C 輕信的父親和虛偽的女兒們	
924				
924A			924A 僧侶與商人（Jew）用手勢討論問題	924A（僧侶與商人用手勢討論問題）→1660A
924B			924B 以手勢代語言而被人誤解	
925				
925*				
926			926 所羅門式的判決	926 孩子到底是誰的（灰闌記）（所羅門式的判決）
926A			926A 聰明的法官和罐子裡的妖怪	926A（聰明的法官和罐子裡的妖怪）→331A
				#926A.1 到底誰是物主
				◎926A.2 怎樣分獵物
926B				
				#926B.1 拾金者的故事
				◎926B.2 錢袋拆穿了謊言
926C				
926D			926D 法官霸占引起糾紛的物件	926D（法官霸占引起糾紛的物件）→1534E
				#926D.1 審石頭
				◎926D.2 假意生氣真捉賊
				#926D.3 誰偷了賣油條小販的銅錢
				◎926D.4 誰偷了藏在屋外的錢

				#926E 鐘上塗墨辨盜賊
				#926E.1 抓住心虛盜賊的其他方法（蘆杆短了一截）
				◎926E.2 頭上有隻黃蜂在打旋的是賊
				#926F 審畚箕
				#926G 誰偷了騾馬
				#926G.1 誰偷了雞或蛋
				◎926G.2 是誰冒認布匹
				◎926G.3 跑得慢的那個人是賊
				◎926G.4 力氣小的那個人是賊
				#926H 一句話破案
				◎926H.1 大樹作證
				#926L 假證人難畫真實物
				◎926M 巧判前夫後夫案
				◎926R 巧使諧音破疑案
				◎926S 多子徒惹爭產苦
				◎926T 斗米斤雞
				◎926U 抬鼓破案
				#926P 財物不是我的
			◎926*爭執的物件平分為兩半	926*（爭執的物件平分為兩半）→926A.1
926A*				
926B*				
			◎926B₁*誰的袋子？	926B.1*（誰的袋子？）→926B.1
				◎926B.2 錢袋拆穿了謊言

926C*				
			◎926D*誰偷去了賣油條小販的銅錢？	926D*（誰偷去了賣油條小販的銅錢？）→926D.3
			◎926D₁*審判驢和石頭	926D.1*（審判驢和石頭）→926D.1
			◎926E*鐘上（牆上）塗墨	926E*（鐘上塗墨）→926E
			◎926E₁*抓住心虛盜賊的其他方法	926E.1*（抓住心虛盜賊的其他方法）→926E.1
			◎926F*洩露秘密的物件	926F*（洩露秘密的物件）→926F
			◎926G*誰偷了驢（馬）？	926G*（誰偷了驢馬）→926G
			◎926G₁*誰偷了雞或蛋？	926G.1*（誰偷了雞或蛋）→926G.1
			◎926H*失言	926H*（失言）→926H
			◎926L*假證人	926L*（假證人）→926L
				◎926L.1 麻袋套頭破奸計
				◎926L.2 試抱西瓜斥誣告
				◎926L.3 馬的哪隻眼睛長白翳
		199.罕見的遺囑	◎926M*解釋怪遺囑	926M*（解釋怪遺囑）→926M.1
				#926M.1 解釋怪遺囑
			◎926N*這些錢幣是什麼時候鑄造的？	
			◎926P*這些不是我的財富	926P*（這些不是我的財富）→926P
			◎926Q*他嘴裡沒灰	
			◎926Q₁*蒼蠅揭露傷處	
927				
927A				

				◎927B 尼姑扶醉漢
				◎927C 分牛
				#927D 中毒者報仇
				◎927D.1 毒人不成反毒己
				◎927D.2 浸了毒藥的書頁
927A*				
			◎927A**中毒者報仇	927A**（中毒者報仇）→927D
927B*				
928				
				◎928A 將軍與棋王
929				
				※929B 裝啞打贏官司
				◎929C 抓生死鬮
				◎929D 僞毀贗品騙眞賊
929A				
命運的故事（930－949）				
930 預言			930 預言	930 送信人福大命大（預言）
930*				
930A		149.定親	930A 命中注定的妻子	930A 命中注定的妻子
930B				
930C				
930D				
931				
932*				
933				
934				
934A			934A 命中注定的死亡	
934A[1]				

			◎934A$_2$ 命中注定要死的鸚鵡	
		104.增壽	◎934D$_2$ 如何避免命中注定的死亡	934D.2（如何避免命中注定的死亡）→829A
934B				
934C				
934D				
934D^1				
934E				
934*				
934**				
934A*				
934A**				
934B*				
934C*				
934D*				
934E*				
934E**				
935			935 浪子回頭	935 衣錦榮歸
			◎935A（缺類型名稱）	935A（富家婆終於知艱辛）→998
			◎935A*浪子識世情惜已太晚	935A*（浪子識世情惜已太晚）→998
935*				
935**				
955***				
936*				
937*				
937A*				
938				
938A				
938B				
938*				

938**			
939			
939A			939A 謀財害命　誤殺親子
			※939A.1 異母兄弟和炒過的種子
940			
940*			
941*			
941**			
			※943 對自己命運負責的公主
944*			
		◎944A* 失馬焉知非福，得馬焉知非禍	
945		945 幸運和智慧	
945A*			
946*			
946A*			
946B*			
946C*			
946D*			
947			
947A		947A 厄運無法改變	947A 橫財不富命窮人
			◎947B 富貴由天不由人
947A*			
947B*			
947C*			
			※948 躲債廟
949			
949*			
949A*			

盜賊和謀殺的故事（950－969）				
950				950 和國王鬥智的賊
			◎950D₁（缺類型名稱）	
951A			951A 國王與強盜	
951A*				
951B				
951C			951C 化了裝的國王加入賊群	
952				952 微服出獵的國王
952*				
953				
953A*				
954			954 四十個大盜	954 沸油殺群盜
955				955 強盜未婚夫
955A*				
955B*				
956			956 土匪進屋時，他們的頭被一個個地砍掉	
956A				
956B			956B 聰明少女，在家隻身殺賊	
956C				
956D				
956A*				
956B*				
956C*				
956D*				
956E*				
957				
958			958 牧羊青年陷於賊手	
958A*				
			◎958A₁*寬大使賊改邪歸正	

958B*			
958C*			
958D*			
958E*			
958E* （案：應是 958E**）			
959*			
960			960 陽光下真相大白	960 水泡爲證報冤仇
960A			
960B			
		◎960B₁ 兒子長大後才 能報仇	
960B*			
961			
961A			
961B		961B 錢在手杖中	
962*			
962**			
963*			
964			
965*			
966*			
966**			
967		967 蛛網救人	967（蛛網救人）→543
967**			
		◎967A*烏龜和魚給英 雄搭一座橋	967A*（烏龜和魚給英雄 搭一座橋）→543A
968			
			※969 得寶互謀俱喪命
其它生活故事（970－999）			
970		970 連理枝	970（連理枝）→749A

		82.魚的來歷 II（c） 85.植物的起源 I（d） 211.韓朋 212.祝英台	◎970A 分不開的一對 鳥、蝴蝶、花、魚、或 其他動物	970A（分不開的一對 鳥、蝴蝶、花、魚或其 他動物）→749A
970*				
				◎971 人勤地不懶
				◎971A 辛苦掙來的錢 才知愛惜
				◎972 狼來了（說謊的孩 子）
973				
974				974 及時抵家的丈夫
975*				
975**				
976			976 那一個行動最高 尚？	
976A			976A 一個故事使賊顯 露了真相	976A 說故事 捉盜賊
977				
978				
			◎978*謊言久傳即成眞	978*（眾人說的假話有 人信）→978B
				◎978A 三八二十八
				#978B 眾人說的假話有 人信
980		201.榜樣		980 兒子一言警父親 從此孝養老祖父
980A			980A 半條地毯禦寒	980A 半條毯子禦嚴冬
980B				980B 跌碎飯碗勸婆婆
				◎980B.1 計和婆媳
980C				980C 兒子雖棄親 親 心仍護子
				◎980C.1 家中老母就是 佛

		74.家譜的來歷		◎980C.2 不孝子欲孝鑄大錯
980D				
			◎980E 誤殺親子	
			◎980F 兒子比財產可貴	980F 兒子比財產可貴
				※980G 智服伯母
980*			980*畫家和建築師	980*（畫家和建築師）→1864
			◎980A*智服伯母	980A*（智服伯母）→980G
981			981 隱藏老人智救王國	981 被棄的老人智救王國
				※981A 小人物防止了戰爭
982			982 想要一箱金，子女才孝順父親	982 沒有石子　餓死老子
				◎982A 五子爭父
				◎982B 假死拆穿假孝順
				◎982C 弄巧成拙　劣子遵遺言
983				983 少婦巧醫單相思
				◎983A 家有賢妻少氣惱
985				985 少婦在父親兄弟和丈夫兒子間的選擇
				◎985A 先救別人的孩子
				※985B 女子從軍　代父出征（花木蘭）
986				
				※986A 箱中少女變虎熊
987				

				◎988 薄利多銷
				◎989 善用小錢成鉅富
				※989A 財富生煩惱
				※989B 金錢非萬能
				※989C 知足常樂（帶來好運的襯衣）
990			990 似死又活	
990*				
				※991 餓時糟糠甜如蜜
992				
992A				
995*				
				※996 劣子臨刑咬娘乳（教養無方）
				◎996A 逆子弒親誤砍瓜
				※997 嚙耳訟師（給打傷自己父親的忤逆兒子出主意）
				※998 富家子終於知艱辛
丁、1000－1199 惡地主惡霸與笨魔的故事				
與雇工的故事（1000－1029）				
1000			1000 說好不許動怒	1000 說好不許動怒
				※1000A 地主出難題 長工有妙計
				※1000A.1 地主有規定 長工照著行
				※1000B 地主刻薄 長工報復（吃不飽的僕人以牙還牙）
				◎1000B.1 貓不見了
				◎1000C 長工條件低 暗中藏玄機
				◎1000D 財主諧音欺長工

1001				
1002				
1003				
1003*				
1004			1004 泥中的豬，空中的羊	1004 殺牛宰鴨欺財主
1005				
1006				
1006*				
1007				
1008				
1009				1009 看門
				◎1009A 怎麼說就怎麼做
1010				
1011*				
1012				
1012A				
1013			1013 給祖母沐浴或取暖	1013 開水洗澡燙死人
1014				
1015				
1016				
1017				
1019*				
1029				
與人合伙的故事（1030－1059）				
1030			1030 分莊稼	1030 分莊稼
1030*				
1031				
1035				
1036				
1037				

1045				
1045*				
1046				
1047*				
1048				
1049				1049 巨桶提井水 大斧砍森林
1050				
1051				1051 彎樹枝
1052				1052 扛樹
1053				1053 獵野豬
1053A				
1053*				
1053**				
1059*			1059*農民使魔鬼坐在倒立的耙子上	
與人比賽的故事（1060－1114）				
1060			1060 擠（假定的）石頭	1060 捏石比力氣
1060A				1060A 握手比力氣
1060A*				
1061			1061（虎）咬石頭	1061 嚼豆比咬力
1062				1062 扔物比高
				#1062A 扔物比遠
				#1062B 挑擔賽跑
			◎1062A*擲柴比賽	1062A*（擲柴比賽）→1062A
		166.神仙爭位(c)	◎1062B*負重賽跑	1062B*（負重賽跑）→1062B
1063				
1063A				1063A 扔遠比賽 被唬認輸
1063B				

1064			1064 頓足起火	
1064*				
1065*				
1065A*				
1065B*				
1066				
1070				
1071				
1072				
1073				
1074			1074 長跑競賽，欺詐獲勝	
1075*				
1080*				
1081				
1082				
1082A			1082A 士兵騎死神	
1083				
1083A				
1084				
1085				1085 誰的手指更有力（在樹身上戳個洞）
1086			1086 跳入地下	
1087				
1088			1088 比吃	
1088*				
1089				
1090				
1091				
1091A				
1092				
			◎1092*誰能殺螞蟻	1092*（誰能殺螞蟻）→1092A

			#1092A 比武殺螞蟻
1093			
1094			
1095			
1095A			
1096			
1097			
			#1097A 建築比賽
	168.一夜之功（part）	◎1097A*建築比賽	1097A*（建築比賽）→1097A
1097*			
1110*			
企圖謀殺的故事（1115－1129）			
1115		1115 小斧謀殺計	1115 小斧謀殺事不成
1116			
1116*			
1117		1117 害人反害己	1117 害人反害己
		◎1117A 吃人的妖魔滾落下來	
1118*			
1119			1119（巨魔錯殺了自己的孩子）→327
1120			
1121		1121 吃人妖魔的妻子在自己的爐灶內燒死	
1122		1122 其他殺死吃人妖魔妻子的詭計	
讓惡霸蠢魔上當的故事（1130－1144）			
1130			1130 魔鬼付金幣
1130*			
1131			1131 燙粥燙石塞咽喉
1132			
1133			

湯普遜	鍾敬文	艾伯華	丁乃通	金榮華
1134				1134 假藥加重妖魔傷
1135				1135 假眼藥封妖魔眼
1136				
1137			1137 吃人妖魔（獨眼巨人）失明	1137 假名諧音巧脫身
				◎1137A 智者諧音討公道
1138		123.被虐待的怪物	1138 鬍鬚塗金	
1139				
1140				
1141			1141 喝下女孩在水中的倒影	
1142				
1143				
1143A				
1143B				
1143C				
				1144（其他讓惡魔上當的故事）
				※1144A 群魔爭法寶
				※1144B 怕金子的人
讓惡霸蠢魔害怕或受傷的故事（1145－1169）				
1145				
1146				
1147				
1147*				
1148				
			◎1148*吃人女妖怕雷死於沸水中	
1148A				
1148B				

1149				
1149*				
1150				
1151				1151 巨鞋退敵
1151*				
1152				
1153				
			◎1153A*怕金子（食物）的人	1153A*（怕金子的人）→1144B
1154			1154 樹上掉下來的人和魔鬼	
1154*				
1155				
1156				
1157			1157 槍當作煙管	1157 錯把槍管當煙管
1158				
1159				
1160				
1161				
1161A				
1162				
1162*				
1163				
1163*				
1164				
1164A				
1164B				
1164C				
1164D			1164D 魔鬼和人聯合作祟	
			◎1164E 惡魔和流氓	1164E 人間無賴鬼也怕
1165				

1165*				
1166*				
1166**				
1167*				
1168				
1168A				
1168B				
1168C				
1169				
把靈魂賣給惡魔的故事（1170－1199）				
1170				
1170A				
1171				
1172				
1172*				
1173				
1173A				
1174			1174 做一條沙的繩子	1174（做一條沙繩）→ 920A.1
1177*				
1177**				
1178				
1178*				
1178**				
1179				
1179*				
1180			1180 用篩子打水	
1180*				
1181				

1182			
1182A			
1183			
1183*			
1183**			
1184			
1184*			
1185			
1185*			
1186			
1187			1187 魔鬼和蠟燭
1187*			
1188			
1190*			
1191			
1192*			
1193*			
1194*			
1199			
1199A			
1199B			
三、笑話、趣事 1200－1999			
1200－1349 笨人的故事			
1200			1200 種鹽
1200A			
1201		1201 耕地	1201 坐轎播種
1202			
1203			
1203A			
1203*			
1204		1204 傻子口中念念有詞	

1204*				
1204**				
1208*				
1209*				
1210				
1210*			1210*吊驢上塔	
1211				
1211*				
1212				
1212*				
1213				
1213*				
1214			1214 能言善語的拍賣商	
1214*				
1215			1215 磨坊主，他的兒子和驢子：想對人人討好	1215 父子騎驢
			◎1215*傻子和他的兒子、他的父親	1215*（傻子和他的兒子、他的父親）→1215A
				#1215A 你打我兒 我打你兒
1216*			1216*藥方被雨水淋掉	
1218			1218 笨人孵卵	
1218*				
1219*				
1220				
1221A*				
1221B*				
1224*				
1225				
1225A				
1225*				
1226				

1227				
1228				
1228A				
1229				
1229*				
1230*				
1231				
1231*				
1238				
1240			1240 坐在樹上砍樹	1240 砍自己坐的樹枝
1240A				
1241				
1241A				
			◎1241B 揠苗助長	
		S.1.傻子 XI	◎1241C 傻瓜拔樹，妄藏室內	1241C 傻瓜護樹拔回家
1242				
1242A			1242A 減輕負擔	1242A 扛著包袱騎馬
			◎1242A$_1$ 背負驢子	
1242B				1242B 加塊石頭好馱運
		S.1.傻子 V：做生意(v, w)	◎1242C 豬重相等	1242C 豬重相等
				◎1242D 傻子運貨　壓死馱馬
1242*				
1243				
1244				
1245				1245 搬陽光
1245*				
1245**				
1245A*				
1246				

1246*				
			◎1246A*傻子建塔	
1247				
1248				
		S.1.傻子 VIII：過城門	◎1248A 長竿進城	1248A 長竿進城
1249				
1250				
1250A				
1250B				
				◎1251 杞人憂天
				※1252 射蠅出人命
1255				
1260				
1260A				
1260*				
1260**				
1260A*				
1260B*			1260B*笨人試火柴	
1261				
1261*				
1262				
1262*				
1263				
1264*			1264*粥鍋沸騰	
1265*				
1266*				
				#1266B 傻瓜買野鴨
		S.1.傻子 V：做生意(a, b, p, q, y)	◎1266B*傻瓜買雁	1266B*（傻瓜買雁）→1266B
1266A*				

				※1266C 傻瓜買油
			◎1266C*呆子買油	1266C*（呆子買油）→1266C
				◎1267 傻瓜以物易物結果盡失所有
1268*				
1270				
1271*				
				#1271C 爲樹披衣取暖
1271A*				
1271B*				
1271C*			1271C*爲石披衣取暖	1271C*（爲石披衣取暖）→1271C
1272*				
1273A*				
1273B*				
1273C*				
1274*				
1275				
				#1275A 傻瓜認路進水塘
		S.6.傻女婿 I：祝壽6（part）	◎1275A*路標失蹤，傻瓜迷途	1275A*（路標失蹤，傻瓜迷途）→1275A
1275*				
1276				
1276*				
1277				
1277*				
1277**				
1278			1278 刻舟求劍	1278 刻舟求劍
1278*				1278*（以浮雲日影作記號）→1278A
				#1278A 以浮雲日影作記號

1279			
1279A			
1280			
		◎1280*守株待兔	
1281			1281 驅鷹趕貓　焚屋開砲
1281A			
1282		1282 燒屋除蟲（鼠）	
1282*			
1284		1284 不識自己	1284 把自己丟了（不認識自己）
1284A			
1284*			
1285			
1286			1286 穿馬褲
		◎1286A 獨褲管的褲子	
1287			1287 點人數漏點了自己
1287*			
1288		1288 笨人尋腿	1288 搔癢搔錯了腿
1288*			
1288A		1288A 笨人騎驢尋驢	1288A 騎驢尋驢
1289			
1290		1290 麻田游泳	
1290A*			
1290B*			
1291			1291 用乳酪追回乳酪
1291A			
1291B		1291B 奶油填隙	1291B 奶油填隙　麻油灌地
1291C			
1291D			
		S.6.傻女婿 II：織布機(part)	◎1291D₁織機自行	1291D.1 傻瓜借布機

1291*			
1291**			
1292*			
1293		1293 笨人溺畢	1293 錯將酒瀝作尿滴
1293*			
1293**			
1293A*			
1293B*			
1294		1294 取牛頭出罐	1294 取牛頭出罐
1294A*			
1294B*			
1295		1295 第七塊餅才飽人	1295 第七塊餅才飽人
1295A			
1295B			
1295A*			
1295B*			
1296			
1296A			
1296B			
1296*			
1297*			
1300*			
1301*			
1302*			
1305			
1305A			
1305B			
1305C			
		◎1305D 垂死的守財奴在停屍床上	1305D 守財奴的節儉
	26.慳吝的父親型	S.25.吝嗇鬼	◎1305D₁ 垂死的守財奴及兒子	1305D.1 守財奴的物盡其用

			◎1305D₂ 守財奴命在垂危	1305D.2 守財奴命在須臾猶議價
				◎1305D.3 守財奴死後還盤算
				◎1305D.4 寧死也要一文錢
		S.26.節儉的人	◎1305E 守財奴買鞋	1305E 守財奴吝嗇成性
				◎1305E.1 小氣鬼請客
			◎1305F 殺鵝取卵	1305F（殺鵝取卵）→1306A
				※1305G 守財奴以看代吃以虛代實
				※1305H 肉貴於命
				1306（貪婪者的笑話）
				※1306A 貪心人殺雞取卵
				◎1306B 貪吃者的遺憾
				◎1306B.1 貪吃者責人貪吃
1309				
1310			1310 懲處龍蝦，讓它在水裡淹死	1310 處死烏龜投於水
1310A				1310A 處死兔子 投入荊棘叢
1310B				
1310C				
		S.1.傻子 V：做生意(u) S.6.傻女婿 I：祝壽 6（part）	◎1310D 給它喝水或讓它游泳	1310D 放鴨湖中解其渴
1310*				
1311				
1312				
1312*				

1313			1313 自認已死	
1313A				1313A 死亡的徵兆
1313B				
1313C			1313C 死人發言	
			◎1313D 傻子怕夭折	
1313A*				
1314				
1315				
1315*				
1315**				
1315A*				
1316				
1316*				
1316**				
1316***			1316*** 誤認蚯蚓爲蛇（或其他怪物）	
1316****				
1317			1317 盲人摸象	1317 瞎子摸象
			◎1317A 盲人和太陽	
1317*				
1318				
1318A				
1318B				
1318C				
1319		S.1.傻子 X	1319 南瓜當成驢蛋賣	
1319*				
				#1319N 把貨賣給了菩薩
1319A*				
1319B*				
1319C*				

1319D*			
1319E*			
1319F*			
1319G*			
1319H*			
1319J*			
1319K*			
1319L*			
1319M*			
	S.1.傻子 V：做生意(d, e, f, h, m, r)	◎1319N*誤認塑像爲人	1319N*（誤認塑像爲人）→1319N
			※1319P 讓青蛙數錢(一筆好交易)
		◎1319P*誤認道士是鵝	
		◎1319Q*誤認屁股爲面孔	
1320			
1320*			
1321			
1321A			
1321B		1321B 怕自己的影子	
			◎1321B.1 誤把自己奔走時弄出的聲音當追兵
1321C			
1321*			
1321D*			
1322			
1322A*			
1323			
1323*			
1324*			
1324A*			
1325			

1325A			
1325B			
1325C			
1325D			
1325*			
1326			
1326A			
1326B			
1327			
1327A			
1327*			
1328*			
			#1328A 太鹹的湯
1328A*			1328A*（太鹹的湯）→ 1328A
1329*			
1330			
1330*			
1331			
1331*			
1331A*		1331A*買眼鏡	
1331B*			
1331C*			
1331D*			
		◎1331E*買毛筆	
1332		1332 誰是最大的傻瓜	
1332*			
1332A*			
1332B*			
1332C*			
		◎1332D*傻子買鞋忘記了帶鞋樣	

1333				
1334				
			◎1334A 外地月亮更亮	
1335				
1335A			1335A 救月亮	1335A 撈救月亮
1335*				
1336				
1336A		S.1.傻子 V：做生意(n, z)	1336A 不認識自己在水裡的倒影	
		S.7.傻媳婦 III：鏡子	◎1336B 農民、親戚和鏡子（水缸）	1336B 不識鏡中人
1337		S.1.傻子 II：傻子進城	1337 鄉下人進城	
1337A				
1337B				
1337C				
1338				
1338A				
1339				
1339A				
1339B				
1339C				
1339D				
1339E				
			◎1339F 煮竹席子	
1341				
1341A				
1341B				
		S.1.傻子 IV：愚蠢的小偷	◎1341B₁ 此地無銀三百兩	1341B.1 此地無銀三百兩
1341C			1341C 可憐的強盜	1341C 倒楣的竊賊
			◎1341C₁ 膽小的主人和賊	

				◎1341D 偷米不著反失褲
1341A*				
1341B*				
1342				
1343				
1344				
1345*				
1346*				
1346A*				
1347				
1347*				
1348				
1349*				
1349A*				
				#1349Q 拔牙
1349B*				
1349C*				
1349D*				
1349E*				
1349F*				
1349G*				
1349H*				
1349J*				
1349K*				
1349L*				
1349M*				
1349N*				
			◎1349P*又跌一跤	
		S.1.傻子 II：傻子進城(a, e)	◎1349Q* 拔牙	1349Q*（拔牙）→1349Q
1350－1439 夫妻間的笑話和趣事				
1350			1350 多情的妻子	

1351		S.1.傻子 XV	1351 打賭不說話	1351 夫妻打賭不說話
1351A				
1351A*				
1351B*				
1351C*				
1352				
1352A			1352A 鸚鵡講七十個故事主婦得保貞操	
1352*				
1353				
		S.12.徐文長 II.8	◎1353*無賴作弄別人的妻子（新娘）	
1354				
1354A*				
1354B*				
1355				
1355A				
1355B			1355B 淫婦對奸夫說：我能看到全世界	
1355C				
1355*				
1355A*				
1356*				
1357*				
1358			1358 施巧計，奸夫淫婦同吃驚	
1358A				1358A 偷情不成　付錢脫身
1358B				
1358C			1358C 狡人被發現通奸：把奸夫的食物送給丈夫	1358C 佳餚為誰設
1358*				
1359				

1359A			
1359B			
1359C			1359C 丈夫準備閹割神像
1359*			
1360			
1360A			
1360B			
1360C			1360C 老海德布朗特	1360C 躲在籮筐裡的丈夫（老海德布朗特）
1361			1361 大災	
1362				
			◎1362C 父母為子女擇偶	
1362A*				
1362B*				
1363				
1363*				
1364				
1365				
1365A				
1365B				
1365C				
			◎1365E₁（缺類型名稱）	
1365D*				
1365E*				
1365F*				
1365G*				
1365H*				
1365J*			1365J*故意提出與原意相反的要求	
1365K*				

1366*			1366*穿拖鞋的丈夫	
1366A*				
1367				
1367*				
1370				
1370A*				
1370B*				
1370C*				
1371*				
1371**				
1371A*				
1372				
1372*				
1373			1373 稱貓的體重	1373 稱貓
1373A				
1373A*				
1373B*				
1374*				
1375				
			◎1375A* "假如那是我的話"	
			◎1375B*極端嫉妒的妻子	
		S.31.怕老婆的人	◎1375C*想學怎樣不怕老婆的丈夫	
				#1375D 大官也怕老婆（我的葡萄架也要塌了）
				◎1375D.1 真正怕老婆的人
			◎1375D*有權威的人也怕老婆	1375D*（有權威的人也怕老婆）→1375D
				#1375E 妻妾鑷髮

			◎1375E*妻妾鑷髮	1375E*（妻妾鑷髮）→1375E
				◎1375F 要面子的怕老婆丈夫
1376A*				
1376B*				
1376C*				
1377				
1378				
			◎1378A 在妻子房間裡留下有標記的鞋	
1378A*				
1378B*				
1379				
1379*				
1380				
1380*				
1380**				
1380A*				
1381				1381 多嘴妻子和寶藏
1381A				
1381B			1381B 天降臘腸雨	
1381C				
1381D				
1381E				
1381*				
1382				
	31.傻妻型	S.7.傻媳婦 II（part）	◎1382A 節省日曆	1382A 傻媳婦存儲日曆
	31.傻妻型	S.7.傻媳婦 II（part）	◎1382B 愚婦學巧婦	1382B 傻媳婦濫用客氣話
			◎1382C 認眞的廚師	
1382*				

1383		1383 不認識自己面目的女子	1383 衣服被割就不認識自己的婦女
1384			1384 尋找三個和妻子一樣笨的人
	S.1.傻子 V：做生意(I, x)	◎1384*妻子遇到和丈夫一樣笨的人	
1385			
1385*			
1386		1386 用肉餵白菜	
1387			1387 顧此失彼的妻子 （去拿點啤酒的婦女）
1387A			
			#1387A.1 懶得不肯動手的丈夫或妻子
1387*			
		◎1387A*懶得不肯動手的妻子	1387A*（懶得不肯動手的妻子）→1387A.1
1388		1388 藏在佛像後面的女僕	
1388A*			
1389*			
1390*			
1391			
1392*			
1393			
1395*			
1405			1405 不想紡紗的妻子
1405*			
	S.7.傻媳婦 I (a, l, m, o, p)	◎1405**懶惰的女裁縫	1405**（懶惰的女裁縫）→1446A
	S.7.傻媳婦 I (a, l, m, o, p)	◎1405A**拙妻做被子	1405A**（拙妻做被子）→1446B
1406			1406 愚弄丈夫的妻子
1406*			

1407			
1407A			
1408			1408 丈夫做家事
1408A			
1408B			
		S.1.傻子 XVII	◎1408C 我夫何必學牽牛
		◎1408*妻子揭破丈夫的虛榮心	
1409			
1409A			
1409B			
1409C			
1409*			
1410			
1411*			
1415			1415 幸運的漢斯	1415 傻人幸有賢妻（幸運的漢斯）
1416			
1417			1417 割掉的鼻子	
1418			
1418*			
1419			1419 瞞著歸來的丈夫	
1419A			1419A 雞房裡的丈夫	
1419B			
1419C			
1419D			1419D 兩個奸夫裝做一追一逃	
1419E			
1419F			
1419G			
1419H			
		◎1419B*交換了鞋	1419B*（交換了鞋）→1419B.1

				#1419B.1 跳窗的原來是自己（交換了鞋）
1419E*				
			◎1419F*袋子裡的奸夫	1419F*（袋子裡的奸夫）→1419F.1
				#1419F.1 袋子裡的是米
1419J*				
1419K*				
1419L*				
1420				
1420A				
1420B				
1420C				
1420D				
1420E				
1420F				
1420G				
1422				1422 鸚鵡洩密招殺身
1423				
1424				
1424*				
1425				1425 送魔鬼入地獄
1425A*				
1425B*				
1426				1426 關在盒子裡的妻子
		30.妻子	◎1426A 關在盒子裡的妻子（案：據 ATT 英文版應爲瓶子）	
1426*				
1429*				
1430				1430 夫妻建築空中樓閣	1430 夫妻共作白日夢
1430A				
1431				

1433*			
1434*			
1435*			
1437			
1440－1524 女人的笑話和趣事			
1440			
1441			
1441*			
1441A*			
1441B*			
1441C*		1441C*公公和兒媳	
		◎1441C₁*醉漢和小姨	
1442*			
1443*			
			※1444 美婦巧戲登徒子
			※1444A 少婦巧計移眾屍
1445*			
1446		1446 讓他們吃糕點好啦	
			※1446A 拙女學裁縫
			※1446B 拙女縫被
1447			
1447*			
1447A*			
1448*			
1449*			
1449**			
1450			
1451			1451 勤儉善織的姑娘
1452			1452 善切乳酪的姑娘
1453			

1453A				
1453*				
1453**				
1453***				
1453****				
1453A*				
1454*				
1455				
1455*				
1456				
1456*				
1457			1457 囁嚅的少女	
		206.醜女出嫁，走馬看花	◎1457A 畸形的夫婦和媒人	1457A 媒婆巧計妙安排
		S.10.三人搔癢（part）	◎1457B 三個有殘疾的新郎	
				◎1457C 媒婆巧言施詭詐
1457*				
1458				
1458*				
1459*				
1459**				
			◎1459A**炫示貴重的新衣	
1460*				
1461				
1462			1462 從樹上勸男朋友加油追求	1462 假裝神意求婚姻
1462*				
1463				
1463A*				
1463B*				

1464A*			
1464B*			
1464C*			
1464D*			
1465*			
1465A*			
1468*			
1470*			
			◎1471 臭頭皇后
1475			
1476			1476 祈求找到適合的丈夫
1476A			
1476B			
1476C			
1477			
1477*			
1478			
1479*			
1479**			
1480*			
1485*			
1485A*			
1486*			
1487*			
1490*			
1498*			
1499*			
1501			
			◎1502 粗心少婦抱錯嬰
1503*			
1510			

1511				
1511*				
1515				
1516*				
1516A*			1516A*耶穌未婚不知人生苦	
1516B*				
1516C*				
1516D*				
			◎1516E*慶祝妻死	
				※1517 我的東西更值錢
		S.8.屁	◎1520 放響屁	
1525－1874 男人的笑話和趣事				
1525				1525 機伶的竊賊
1525A		S.21 偷竊能手	1525A 偷竊狗、馬、被單或戒指	1525A 妙賊妙計　先說後偷
1525B			1525B 偷馬	
1525C				
1525D			1525D 分散別人注意時偷竊	1525D 分散注意好行竊
1525E				
1525F				
1525G			1525G 小偷偽裝	
1525H			1525H 小偷互相偷	1525H 賊互偷
1525H$_1$				
1525H$_2$				
1525H$_3$				
1525H$_4$		S.22.狡猾的小偷	1525H$_4$ 蜂箱裡的青年	1525H.4 小偷躲進箱中讓賊偷（蜂箱裡的青年）
1525J				
1525J$_1$			1525J1 是那些人幹的	
1525J$_2$			1525J2 小偷被騙入井	

1525K				
1525L				
1525M				
1525N			1525N 兩小偷互相哄騙	
1525P				
1525Q				
1525R				
			◎1525S 小偷和縣官	1525S 小偷和縣官
			◎1525T 大盜留名	
			◎1525U 小偷窺察貴重東西放在那裡	
		S.11.徐文長 I S.21.偷竊能手	◎1525V 滑稽女婿偷岳父	1525V 惡作劇的小偷（滑稽女婿偷岳父）
			◎1525W 教人怎樣避免被偷	
1525H*				
1525J*				
1525K*				
1525L*				
1525M*				
1525N*				
1525P*				
1525Q*				
1525R*				
		S.11.徐文長 I.34	◎1525S*偷褲子	
			◎1525T*鎖在櫃櫥裡的小偷	
1526				1526 冒認親人騙商家
1526A				
		S.11.徐文長 I.46（part）	◎1526A$_1$ 狡言騙白食	1526A.1 狡言吃白食
	43.吃白飯型	S.11.徐文長 I.46（part）	◎1526A$_2$ 連神仙都要為壞蛋付酒飯錢	1526A.2 白吃大王 神仙也無奈

		S.11.徐文長 I.42 (i) S.11.徐文長 I.47	◎1526A$_3$像是髒了的食物	
		S.11.徐文長 I.42 (a)	◎1526A$_4$自稱死者的朋友	1526A.4 自稱是死者的朋友
				◎1526C 巧計連環騙財物
				◎1526D 偽裝老實竊鉅款
				※1526E 裝神弄鬼騙錢財
				※1526E.1 裝神弄鬼被拆穿
1526A*				
1526B*			1526B*小偷和鸚鵡	
1527			1527 強盜上當	
1527A				1527A 強盜中計 彈盡被擒
1527*				
1528			1528 按住帽子	
			◎1528A 抓住尾巴	
1528*				
		S.11.徐文長 I.32	◎1528A*惡作劇者假裝幫鄉下人運肥	
1529				1529 騙子偷驢
1529A*				
1529B*				
1530			1530 扶住"要倒的"石頭（樹或旗杆）	1530 頂住要倒的岩石
				#1530A 賣蛋小販上了當
		S.11.徐文長 I.27	◎1530A*捧好一堆雞蛋	1530A*（捧好一堆雞蛋）→1530A
				◎1530A.1 我來替你抱孩子

				#1530B 小販受騙
		S.12.徐文長 II.12（part）	◎1530B*小販受騙吃苦	1530B*（小販受騙吃苦）→1530B
				#1530B.1 來僕不敬罰揹磨
		S.12.徐文長 II.11	◎1530B₁*無禮的送信人受罰	1530B.1*（無禮的送信人受罰）→1530B.1
1530*				
1531				
1531A			1531A 剃了髮後不認得自己	1531A（不認得被剃了髮的自己）→1284
1531B				
1532				
1532*				
1533			1533 智者分家禽	1533 分雞
1533A				
		S.11.徐文長 I.42（e）S.18.饞嘴先生	◎1533B 把糕點分成或咬成不同的樣式	1533B 講故事騙糕餅（把糕點分成不同的式樣）
1534				1534 似是而非連環判
1534A				
				※1534E 縣官審案 霸占引起爭執的物件
1534*				
1534A*				
1534B*				
1534C*				
1534D*				1534D*（裝啞打贏官司）→929B
		S.14.徐文長 IV.1（part）	◎1534E*給打傷自己的父親（母親）的忤逆兒子出主意	1534E*（給打傷自己父親的忤逆兒子出主意）→997
		S.14.徐文長 IV.1（part）	◎1534F*死屍二次被吊	
			◎1534G*金口玉言	1534G*（金口玉言）→1542C

1535	28.大話型	191.謊話連篇	1535 富農和貧農	1535 死裡逃生連環騙（富農和貧農）
1536				
1536A			1536A 箱子裡的婦女	
1536B			1536B 三個駝背兄弟淹死了	1536B（三個駝背兄弟淹死了）→1444A
1536C			1536C 被謀害的情人	
1536*				
1537				1537 一死再死的屍體
1537*				
1538				
1538*				
		S.12.徐文長 II.10（I, j, k, n, r）	◎1538A*特大號紙紮像	
1539	28.大話型	191.謊話連篇 S.1.傻子 XVI	1539 巧騙和傻瓜	1539 騙人的傳家寶（巧騙和傻瓜）
			◎1539A 上當人自信已學會了隱身術	
		S.11.徐文長 I.8	◎1539B 漆作生髮油	
1539*				
1539**				
1540			1540 天堂裡來的學生	1540 從天堂裡來的人
1540*				
1540A*				
1541				
1541*				
1541**				
1541***				
1541****				
1542			1542 聰明的男孩	
1542A			1542A 回來找工具	1542A 說謊要有工具
				※1542C 蜜汁寫字騙帝王（金口玉言）

1542*			
1542**			
1542B*			
1543			
1543*			
1543A*			
1543B*			
1543C*			
1543D*			
			#1543E 假毒藥和解毒劑
	S.11.徐文長 I.23 S.12.徐文長 II.1	◎1543E*假毒藥及其解毒劑	1543E*（假毒藥和解毒劑）→1543E
1544		1544 白住一宵的客人	
1544*			
1544A*			
1545			
1545A			
1545B			
1545*			
1545A*			
1546			
1546*			
1547*			
1548			1548 石頭湯
1548*			
1549*			
1550*			
1551			
1551*		1551*驢值多少錢	
		◎1551A*鞋值多少錢	
1552*			

1553			1553 還願欺神
1553A*			
1553B*			
1553C*			
1555		1555 桶裡的牛奶	1555 眾人出酒皆清水 （桶裡的牛奶）
1555A		1555A 用啤酒付饅頭錢	1555A 用啤酒付麵包錢
		◎1555A$_1$ 用湯付麵錢	
1555B			
1556			
1557			
1558		1558 受歡迎的衣衫	1558 敬衣敬財非敬人
			◎1558A 付理髮錢
			◎1559 抬槓
			#1559F 打賭要官學狗叫
			#1559G 扁擔上睡覺
1559A*			
1559B*			
1559C*			
			#1559D 哄上哄下　騙進騙出
	S.13.徐文長 III.8	◎1559D*哄人打賭：走上走下	1559D*（哄上哄下　騙進騙出）→1559D
	S.13.徐文長 III.1	◎1559E*哄人打賭：喜笑和盛怒	
		◎1559F*哄人打賭：要官學狗叫	1559F*（哄人打賭：要官學狗叫）→1559F
		◎1559G*扁擔上睡覺	1559G*（扁擔上睡覺）→1559G
1560			
1560*			
1560**			
1561		1561 懶孩子三餐一起吃	1561 既已吃了晚餐　理當上床安睡

1561*			
1561**			
1562		1562 "三思而後言"	
1562A			
1562B			
		◎1562C 切遵教誡，一成不變	1562C（切遵教誡，一成不變）→1684
1562A*			
1562B*			
1562C*			
1562D*			
1562E*			
1562F*			
1562G*			
1563			1563 模糊語意調戲少女
		◎1563A "讓他吧"	1563A（讓他吧）→1563
	S.13.徐文長 III.3（part）	◎1563B 向陌生婦女動手動腳	1563B 讓人誤認在親吻
1563*			
1564*			
1564**			
1564A*			
1565	S.10.三人搔癢（part）	1565 約定不抓癢	1565 約定不抓癢
		◎1565A 是不是跳蚤	
1565*			
1565**			
1565A*			
1566*			
1566**			
1566A*			
1567			

1567A			
			#1567A.1 抗議飯菜太壞的塾師
1567B			
1567C			
1567D			
1567E		1567E 飢餓的學徒騙引師父	
1567F			
1567G			
1567*			
1567**			
1567***			
		◎1567A*吃不飽的塾師	1567A*（吃不飽的塾師）→1567A.1
		◎1567B*吃不飽的僕人以牙還牙	1567B*（吃不飽的僕人以牙還牙）→1000B
	S.15.男人和他狡猾的兄弟(part) S.16.聰明的僕人	◎1568 地主的無理條件，和僕人（長工）的對策	1568（地主的無理條件和僕人的對策）→1000A
		◎1568A 佣人表面上的優厚條件	1568A（佣人表面上的優厚條件）→1000A.1
	S.17.酒裡有毒	◎1568B "服毒"的僕僮自盡	1568B 吃肉喝酒裝自殺
			#1568B.1 頑童吃點心
1568*			
1568**			
1568***			
1568A*			
	S.11.徐文長 I.48 (g-m) S.12.徐文長 II.13 (I, l)	◎1568A**頑童吃甜點心	1568A**（頑童吃甜點心）→1568B.1
		◎1568B**頑童和糞坑裡的老師	

1569*			
1569**			
1570*			
1571*		1571*僕人罰主人	
1572*			
1572A*			
1572B*			
1572C*			
1572D*			
1572E*			
1572F*			
1572G*			
1572H*			
		◎1572J*騎禽而去	
1573*			
1573**			
1574			
1574A			
1574B			
1574C			
1574*			
1575*		1575*聰明的牧童	
1575**			
1576*			
1577		S.11.徐文長 I.5 (a)	1577 盲人被騙，互毆
		S.13.徐文長 III.9	◎1577A 盲人落水
		S.11.徐文長 I.4 S.11.徐文長 I.5 (f, g, h)	◎1577B 盲人挨打
1577*			
1578*			

1578A*			
1578B*			
1579		1579 攜同狼、羊和白菜過河	1579 攜同狼、羊和白菜過河
1579*			
1580*			
1580A*			
1581*			
1584*			
1585			
1585*			
1586	S.1.傻子 I：傻孩子	1586 殺蠅吃官司	1586（殺蠅吃官司）→1252
1586A			
1587			
1587*			
1587**			
1588*			
1588**			
1589		1589 訟師的狗偷肉	
1590			1590 說實話騙婚
1591			1591 三人存款三人取
1592			
1592A		1592A 金南瓜變形	1592A 金子變銅人變猴
1592B		1592B 會生孩子的飯鍋也死了	1592B 鍋子死了
	28.聰明的女人 I：機智的行為	◎1592C 神貓與神鑼	1592C（神貓與神鑼）→1517
			※1592D 請你聽錢聲就算付你錢
1592A*			
1592B*			
1600			

1605*			
1610		1610 平分賞金挨打	1610 分賞賜結果是挨板子
1611			
1612			
1613			
1614*			
1614**			
1615			
1617			
			※1619 可以兩讀的文句（錯讀沒有標點的文句）
			◎1619A 花言巧語說當年
			◎1619B 吃魚
1620		1620 皇帝的新衣	
	S.23.聰明的小偷	◎1620A 獻寶給明君或清官	1620A 誰是能夠擁有寶物的人（獻寶給明君或清官）
		◎1620B 不受奉承的人	1620B 不受奉承的人
1620*			
1621*			
1621A*			
1623*			
	S.11.徐文長 I.1 S.11.徐文長 I.23	◎1623A*太太小姐丟臉	
	S.12.徐文長 II.1	◎1623B*惡作劇者捉弄父親	
1624			
		◎1624A₁（缺類型名稱）	
1624A*			
1624B*			
1624C*			
1624D*			

1624E*			
1626			
1627*			
1628			
1628*		1628*他們在說拉丁文	
1629*			
1630A*			
1630B*			
1631			
1631A		1631A 染色騾子賣給原主	1631A 把偷來的家畜染色後賣給原主
1631*			
1632*			
1633		1633 分母牛	
	S.11.徐文長 I.28 S.11.徐文長 I.30 S.11.徐文長 I.31	◎1633A*買一部分	
	S.12.徐文長 II.10（e, f, p）	◎1633B*捉弄賣柴小販	
1634*			
1634A*			
1634B*			
1634C*			
1634D*			
1634E*			
1635*		1635*（缺類型名稱）	
			#1635A 惡作劇者兩頭騙人受騙者虛驚一場
	S.11.徐文長 I.21 S.11.徐文長 I.22	◎1635A*虛驚	1635A*（虛驚）→1635A
			※1635B 惡作劇者說謊不同行業的人白忙
			※1635C 偷吃了雞的廚子兩頭騙

1636				
1638*				
1639*				
1640			1640 勇敢的裁縫	1640 假獵人有真運氣（勇敢的裁縫）
1641	39.撒謊成功型	190.有言必中 S.5.傻子有福氣	1641 萬能醫生	1641 假占卜歪打正著（萬能博士）
1641A				
1641B			1641B 不由自主成醫生	
1641C				
	14.皮匠駙馬型	194.鞋匠成了駙馬（part）	◎1641C₁ 不由自主成學士	1641C.1 一字不識成學士
		S.15.男人和他狡猾的兄弟（part）	◎1641C₂ 農民塾師	1641C.2 農民塾師
		194.鞋匠成了駙馬（part）	◎1641C₃ 偽裝飽學做新郎	
			◎1641D 不由自主成領航員	
1641A*				
1641B*				
1641C*				
1642			1642 一筆好交易	1642（一筆好交易）→1319P
1642A			1642A 借來的上衣	
		S.11.徐文長 I.37 S.12.徐文長 II.6	◎1642A₁ 流氓在法庭上冒認財物	1642A.1 暗作記號 冒認財物
1643				
1643*				
1644				
1645				1645 雙夢記（寶藏就在自己家）
1645A			1645A 購買別人夢到的財富	1645A 購買別人夢見寶藏的夢
1645B				
			◎1645B₁ 夢得寶藏，賺贏酒食	1645B.1 夢得寶藏騙酒食

			◎1645C 未完的夢	
1645*				
1645A*				
1645B*				
1646				
1650				1650 三個幸運兒
1651			1651 惠丁頓的貓	
1651A				
1652				
1653			1653 樹下的強盜	1653 樹上墜物驚盜賊（樹下的強盜）
1653A				
1653B				
1653C				
1653D			1653D 樹上落下的獸皮	1653D（樹上落下的獸皮）→1653
1653E				
1653F		S.24.膽小的強盜	1653F 笨人自言自語，嚇跑強盜	1653F 作賊心虛（笨人自言自語，嚇跑強盜）
1653*				
1653A*				
1654				
1654*				
1654**				
1655			1655 有利的交易	1655 失小得大（有利的交易）
1656				
1660			1660 法庭上的窮人	1660 窮人在法庭上的手勢被誤解
				※1660A 比手劃腳會錯意
1661				
				◎1662 陰錯陽差立大功

1663			
1666*			
1670*			
1671*			
1672*			
1673*			
1674*			
1675			
1675*			
1676			1676 裝鬼嚇傻瓜　傻瓜不知怕
1676A		1676A 大怕和小怕	
1676B			
1676C			
1676*			
1677			
1678		1678 沒見過女人的男孩	1678 我愛老虎（沒見過女人的男孩）
1678*			
1679*			
1680			
1681			
1681A			
1681B			
		S.6.傻女婿 I：祝壽 6（part）	◎1681C 呆女婿向岳父拜壽
		S.6.傻女婿 I：祝壽 6（part）	◎1681C$_1$ 呆女婿送禮，沿途吃光
1681*		S.4.傻子空歡喜（part）	1681*傻子建造空中樓閣	1681*（傻子建造空中樓閣）→1681D
1681A*			
			◎1681B*過分謹慎的孩子

	41.呆女婿型（第四式）	S.6.傻女婿 I：祝壽 4	◎1681C*笨拙的模仿者	1681C*（笨拙的模仿者）→1683
				#1681D 傻瓜的白日夢
				◎1681D.1 爲沒有的東西爭吵
1682				
1682*				
				※1683 傻瓜的有樣學樣
1683*				
				※1684 今日不宜動土
1684A*				
1684B*				
1685				
1685A			1685A 呆女婿	
		S.6.傻女婿 V：洞房花燭	◎1685B 不懂房事的傻新郎	
1685A*				
1686*				
1686**				
1687		S.6.傻女婿 II（part）	1687 忘了的詞字	1687 傻瓜忘詞
			◎1687*忘掉的東西	1687*（忘掉的東西）→1687B
			◎1687A*忘掉的房子、親戚等等	
				#1687B 傻瓜忘物
1688				
1688A*				
1688B*				
1688C*				
1689				
1689A			1689A 獻給國王的兩件禮物	1689A 獻給國王的兩件禮物（閨女換來大蘿蔔）

1689B		S.1.傻子 XII	1689B 食譜還在我處	1689B 傻瓜失肉留食譜 （食譜還在我處）
			◎1689B₁ 沒有材料，你哪能吃	
			◎1689B₂ 鑰匙還在我處	1689B.2 鑰匙還在我處
1689*				
			◎1689A*傻子自封為王	
1690*				
1691		S.6.傻女婿 I.2（a, e）	1691 "不要吃得太猛"	
1691A				
1691B				
	41.呆女婿型（第五式）	S.6.傻女婿 I：祝壽 5	◎1691*猛吃的新郎	1691*（猛吃的新郎）→1691A.1
				#1691A.1 憨丈夫遵囑猛吃
1691A*				
1691B*				
1692			1692 愚蠢的賊	
1692A*				
1693				
1694				
1695				
1696	41.呆女婿型（第三式）	S.1.傻子 XIX：照妻子的吩咐行事 S.6.傻女婿 I：祝壽 2 S.6.傻女婿 I：祝壽 3 S.6.傻女婿 III：出殯	1696 "我應該說什麼"	1696 傻瓜行事總出錯
		S.6.傻女婿 III	◎1696A 總是晚一步	1696A（總是晚一步）→1696
		S.1.傻子 XVIII	◎1696B 我應該怎麼做	1696B（我應該怎麼做）→1696
	41.呆女婿型（第一式）	S.6.傻女婿 I：祝壽 1	◎1696C 呆人呆福	1696C 傻女婿學話　句句派用場

		S.7. 傻媳婦 II.（part）	◎1696D 傻媳婦濫用客氣話	1696D（傻媳婦濫用客氣話）→1382B
	41.呆女婿型（第二式）	S.6.傻女婿 I：祝壽 2		◎1696E 傻瓜學舌鬧笑話
				◎1696F 傻瓜學詩 詠錯對象
				◎1696G 無論怎麼說都不對
				◎1696H 愈說愈糟
			◎1696*家裡出事別怪我	1696*（家裡出事別怪我）→1696A.1
				#1696A.1 家裡出事別怪我
1696A*				
1696B*				
1697				1697 三句外國話
			◎1697A 當然是我	1697A 三句官話
1698			1698 聾子和他們的愚蠢回答	
1698A				
1698B			1698B 旅客問路	1698B 聾子吵架（旅客問路）
1698C				
1698D				
1698E				
1698F				
1698G			1698G 因聽錯話而引起的滑稽後果	1698G 聽錯話而引起滑稽後果
1698H				
1698I			1698I 探望病人	
1698J				
1698K				
1698L				
1698M				

1698N				
1698A*				
1698B*				
1698C*				
			◎1698D*大爆炸	
			◎1698E*聾子、瞎子和跛子	
1699			1699 不懂外語鬧笑話	1699 不懂外語鬧笑話
1699A				
			◎1699A$_1$ 不懂方言引起誤解鬧笑話	1699A.1 不懂方言起誤解
1699B				
		S.6.傻女婿 IV：和解信 S.11.徐文長 I.49	◎1699C 錯讀沒有標點的文句	1699C（錯讀沒有標點的文句）→1619
1699*				
1700				
1701			1701 回聲答話	1701 回聲答話
1702			1702 結巴的笑話	
			◎1702*結巴一再重複一個字	
1702A*				
1702B*				
1702C*				
		S.9.近視眼 I S.9.近視眼 II	◎1703 近視眼的趣聞	
			◎1703A 蜻蜓與釘子	1703A 蜻蜓與釘子
			◎1703B 描述大區	1703B 比賽眼力看橫匾
			◎1703C 黑狗和飯鍋	
			◎1703D 鎖住自己	
			◎1703E 誤認糞便為食品	
			◎1703F 帽子和烏鴉	

			◎1703G 油漆未乾	
			◎1703H 不識熟人	
1704				
		S.26.節儉的人	◎1704A 吝嗇老頭不吃好飯	1704A（吝嗇老頭不吃好飯）→1305E
			◎1704B 勉強慷慨	
			◎1704C 虛擬的好菜	1704C（虛擬的好菜）→1305G
			◎1704D 肉貴於命	1704D（肉貴於命）→1305H
1704*				
1705				
			◎1705A 酒鬼的笑話	
1705A*				
1705B*				
1706*				
1707				
1707*				
1708*				
1709*				
1710			1710 電報送靴	
1710*				
1711*				1711*不怕死人的伐木工（勇敢的鞋匠）→1676
1715				
1716*				
1717*				
1718*				
1720*				
				◎1721 文盲看告示　不懂裝懂被戲弄
僧侶的笑話和趣事（1725－1849）				
1725			1725（缺類型名稱）	

			◎1725A 箱中愚僧	
1726*				
1726A*				
1727*				
1728*				
1729A*				
1730			1730 愚僧求愛陷入圈套	1730（愚僧求愛陷入圈套）→1444
			◎1730*僧與慧女	
1730A*				
1730B*				
1731				
1732*				
1733A*				
1733B*				
1734*				
1735				
1735A				
1735B				
1736				
1736A				
1737				
1738				
1738A*				
1738B*				
1738C*				
1739				
1739A*				
1739B*				
1740				
1740A				

1740B			
1740*			
1741			1741（祭司的客人和被吃掉的雞）→1635C
1741*			
1743*			
1745			
1745*			
1746*			
1750			
1750A			
1761*		1761*騙子裝神像遭打	1761*（騙子裝神像遭打）→1526E.1
1775			
1775A*			
1776			
1776*			
1776A*			
1777A*			
1779A*			
1781			
1785			
1785A			
1785B			
1785C			
1785*			
1785**			
1786			
1789*			
1790			
1791			
1792			

1792A				
1800			1800 偷的東西不多	
1804				
1804A				
1804B			1804B 請你聽錢聲，就算付你錢	1804B（讓你聽錢聲　就算付你錢）→1592D
1804*				
1805				
1805*				
1806				
1806A*				
1806B*				
1807				
1807A				
1807B				
1807A*				
		S.12.徐文長 II.5	◎1807B*裝和尚的流氓	
1810				
1810A*				
1810B*				
1810C*				
1811				
1811A				
1811B				
1812			1812 打賭：和尼姑跳舞	
		S.13.徐文長 III.3（part）	◎1812A*打賭：摸姑娘腳	
		S.13.徐文長 III.3（part）	◎1812B*打賭：摸姑娘乳	
		S.13.徐文長 III.2	◎1812C*打賭：讓陌生女子繫腰帶	
		S.13.徐文長 III.2	◎1812D*打賭：讓女子從你口袋裡掏錢	

1820				
1821				
1821A				
1822				
1822A				
1823				
1824				
1825				
1825A				
1825B				
1825C				
1825*				
1825D*				
1826			1826 牧師毋需講道	1826 不用講道的傳教士
1826*				
1826A*				
1827				
1827A				
1827*				
1827**				
1828				
1828*				
1829			1829 活人假裝神像	1829（活人假裝神像）→1526E
1829*				
1829A*				
1829B*				
1830				
			◎1830*各人祈求的天氣不同，女神盡皆賜與	1830*（各人祈求的天氣不同，女神盡皆賜予）→829
1831				
1831A				

1831B			
1831A*			
1832			
1832*			
1832A*			
1832B*			
1832C*			
1832D*			
1832E*			
1832F*			
1832G*			
1832G**			
1832H*			
1832J*			
1832K*			
1832L*			
1832M*			
1832N*			
1832P*			
1833			
1833A			
1833B			
1833C			
1833D			
1833E			
1833F			
1833G			
1833H			
1833*			
1833**			
1833A*			
1834			

1834A*			
1834B*			
1835*			
1835A*			
1835B*			
1835C*			
1835D*			
1835E*			
1835F*			
1836			
1836A			
1836B			
1836*			
1837			
1837*			
1838			
1839			
1839A			
1839B			
1839*			
1840			
1840A			
1840B			
1841			
1841*			
1842			
1842A*			
1842B*			
1842C*			
1843			
1844			
1844A			

1844*			
1845			
1846*			
1847*			
1848			
1848A			
1848B			
1848C			
1848D			
1849*			
各行各業的笑話和趣事（1850－1874）			
1851			
1853			
1853A*			
1853B*			
1854*			
1855			
1855A			
1860			
1860A			
1860B			
1860C			
1860'→1834B*			
1860A*			
1861			
1861A		1861A 更多賄賂	
1861*			
1862			
1862A		1862A 假郎中，用跳蚤粉	
1862B		1862B 假郎中和妖鬼合伙	

1862C				
			◎1862D 醫駝背	
		S.20.閻王請醫生	◎1862E 最好的醫生	
				◎1862G 妙郎中以笑治病
		S.11.徐文長 I.33	◎1862*郎中、棺材店老闆和僧侶	1862*（郎中、棺材店老板和僧侶）→1635B
				◎1863 高手畫像
				※1864 木匠和畫家
1865				
1865*				
1867				
1870				
1875－1999 說大話的故事				
1875				
1876				1876 成串雞鵝上了天
1876*				
1877*				
1878*				
1880				
1881				
1881*				
1882				
1882A				
1886				
			◎1886A 老不死的酒鬼	
1886*				
1887*				
1888*				
1889				
1889A				
1889B				

1889C			
1889D			
1889E			
1889F			
1889G		1889G 魚吞人和船	
1889H			
1889J			
1889K			
1889L			1889L 復活的獵犬
1889L*			
1889L**			
1889M			
1889N			
1889P			
1890			
1890A			
1890B			
1890C			
1890D			
1890E			
1890F		1890F 槍打得真好，各種各樣的方式	
1890A*			
1890B*			
1891			
1891A*			
1891B*			
1892			
1892*			
1893			
1893A*			
1894			
1895		1895 涉水得魚，魚在靴中	1895 涉水得魚　魚在靴中

1895*			
1895A*			
1895B*			
1895C*			
1896			
1896*			
1898*			
1900			
1910			
1911			
1911A			
1912			
1913			
1916			
1917			
1920			1920 說謊比賽	1920 吹牛比賽
1920A	45.說大話的女婿型		1920A "大海著火"——變體	1920A 大家來吹牛 (順著你的謊話說)
1920B			1920B 一個人說："我沒功夫撒謊"，事實上卻在撒謊	1920B 我沒空說謊
				◎1920B.1 不敢說謊
1920C			1920C (缺類型名稱)	
		S.28.聰明的女人 IV：解救丈夫	◎1920C₁ 吹牛比賽：如果你說"這不可能"那你就輸了	1920C.1 如果不信我的謊那麼就罰錢
1920D			1920D 牛皮吹破，越吹越小	1920D 牛皮吹破 愈吹愈小
			1920D₁ 牛吹的太大，無法自圓其說	1920D.1 說謊與圓謊
				◎1920D.2 吹牛能自圓其說
1920E				
1920F			1920F 誰說 "那是扯謊" 就要罰錢	1920F 我的話可真也可假 反正你都輸

1920G				
1920H				
			◎1920I 巨人，更大的巨人，大嘴	
		158.彭祖的年齡	◎1920J 誰最老？	1920J 漫天撒謊　比誰最老
			◎1920K 家鄉至上	1920K 家鄉至上
			◎1920K₁ 我家最好	
1920A*				
1920B*				
1920C*				
1920D*				
1920E*				
1920F*				
1920G*				
1920H*				
1922*				
1925				
1925*				
1927				
1930			1930 虛幻之邦	1930 荒謬世界（虛幻之邦）
1930A*				
1930B*				
1930C*				
1931				
1932				
1935				
1940				
1948				
1950			1950 三個懶漢	1950 比誰最懶（三個懶漢）
1950A				
				◎1950B 懶漢偷懶　看誰先說話

1951			1951 懶人之懶
	S.1.傻子 XV		◎1951A 懶惰夫妻
1951*			
1960			1960 巨獸
1960A			
1960B		1960B 大魚	
1960C			
1960D		1960D 大蔬菜	
1960E			
1960F			
1960G		1960G 大樹	
1960H			
1960J		1960J 大鳥	1960J 巨鳥
1960K		1960K 大麵包，大餅子，等等	1960K 大包子、大糕餅等食品
1960L			
1960M		1960M 大蟲	
$1960M_1$			
$1960M_2$			
$1960M_3$			
		◎1960M*大蚊子吃人	
1960Z		1960Z 其他大的東西等	
1961			
1961A*			
1961B*			
1961C*			
1961D*			
1962			
1962A			1962A 巨中更有巨霸人
	209.強中自有強中手	◎$1962A_1$ 巨中更有巨霸人	1962A.1（巨中更有巨霸人）→1962A
1963			

1965			1965（克諾依斯脫和他的三個兒子）→1930
1991*			
四、程式故事 2000－2399			
連環故事（2000－2199）			
2009			
2010			
2010A			
2010B			
2010I			
2010I A.			
2011			
2012			
2012A			
2012B			
2012C			
2012D			
2013			
2013*			
2014			
2014A			
2015			
2015*			
2016			
2016*			
2017			
2018			
2018*			
2019			2019 祇要別人都同意
2019*			
2021			
2021A			
2021B			

2021*			
2022			2022 小雞的死亡
2022A			
2022B			
2023			
2023*			
2024*			
2025			
2026*			
2027			
2027A			
2027*			
2028		2028 妖精剖腹	
2028A*			
2029			
2029A*			
2029B*			
2029C*			
2029D*			
		◎2029E*愛嘮叨的妻子	
2030			
2030A			
2030B		2030B 烏鴉必須洗喉，方可與他鳥同食	2030B 先去洗嘴再來吃（烏鴉必須洗喉，方可與他鳥同食）
		◎2030B₁妖精必須要刀才能吃牧人	
2030C			
2030D			
2030E			
2030F			
2030G	.		
2030H			
2030J			

2030A*			
2030B*			
2030C*			
2030D*			
2030E*			
2031		2031 強中更有強中手	2031 強中更有強中手 （一物剋一物）
2031A			
2031B			
2031C			2031C→2031
2031A*			
2031B*			
		◎2031C*變了又變	
2032			
2032A			
		◎2032*松鼠從樹上扔下堅果	
2033			
2034			
2034A			
2034B			
2034C			
2034D			2034D 一顆豆子引起的一連串事件
2034E			
2034A*			
2035			
2035A			
2036			
2037			
2037A*			
2038		2038 連環的追逐	2038 連環的追逐
2038*			

2039			
2039*			
2040			
2041			
2041*			
2042			
2042A*			
2042B*			
			#2042C 咬一口引起的一連串禍事
2042C*		2042C*咬一口（刺一下）引起一串禍事	2042C* →2042C
2042D*			
2044			
2044A*			
2045A*			
2045B*			
2046*			
			#2047 爲什麼
2047*			2047*（爲什麼）→2047
2075			
2200			2200 請君入甕
2201			
2202			
2204			
2205			
		◎2205*不幸的豬	
2250			
2251			
2260			
2271			
2275			
2280			

2300				2300 沒完沒了的故事
2301			2301 一次只帶走一粒穀	
2301A		S.11.徐文長 I.6（d）	2301A 使國王失去耐心	2301A 燕雀銜穀無窮盡（使國王失去耐心）
2301B				
		S.11.徐文長 I.6（a, b, c, e）	◎2301C 成千的軍隊走過一座小橋	2301C 千萬士兵過小橋
2320				
2322				
2330				
2335				2335 每件事都矛盾的故事
2340				
五、難以分類的故事 2400－2499				
2400			2400 用牛皮量地	2400 一張牛皮大的地（用牛皮量地）
		186.建廟的奇迹 IV	◎2400A 用和尚袈裟的影子量地	2400A 一袈裟之地（用和尚袈裟的影子量地）
2401				
2403				
2404				
2411